AF542484

COLLECTION DES MUSES

LETTRES A XAVIER SUR L'ART D'ÉCRIRE

PAR

ABEL HERMANT

LETTRES A XAVIER

SUR

L'ART D'ÉCRIRE

COLLECTION DES MUSES

L'ART DE DIRE*
par Georges Berr.

L'ART DE LIRE*
par Émile Faguet.
de l'Académie Française.

LETTRES A XAVIER SUR
L'ART D'ÉCRIRE*
par Abel Hermant.

LE BEL ART D'APPRENDRE*
par Pierre Mille.

L'ART DE VOIR
par R. de la Sizeranne.

L'ART DE VIVRE

L'ART D'AIMER

L'ART D'AGIR

L'ART DE PENSER

Les volumes parus sont marqués d'un astérisque.

COLLECTION DES MUSES

LETTRES A XAVIER SUR

L'ART D'ÉCRIRE

PAR ABEL HERMANT

PARIS
LIBRAIRIE HACHETTE
MCMXXVI

LETTRES A XAVIER SUR L'ART D'ÉCRIRE

LETTRE PREMIÈRE

XAVIER, La Fontaine a écrit : « L'absence est le plus grand des maux », et il me suffit de cette parole pour être justifié de sourire quand on vient nous raconter que les hommes du XVIIe siècle ne sentaient point. Ceux du siècle suivant auraient inventé, nous dit-on, la sensibilité (en même temps que la vertu), et nous, une autre sorte de sensibilité, primaire ensemble et pédante, que nous opposons à l'intelligence, comme si l'âme n'était pas une république indivisible ! Tout ce que j'accorde à nos contemporains, c'est, peut-être, un meilleur ménagement de leurs facultés. Ils ne sentent ni plus ni moins vivement que leurs ascendants depuis je ne sais combien de générations : ils ont davantage la sensibilité de finesse, comme on dit l'esprit de finesse. L'intelligence, précisément, à rebours de ce qu'ils croient, se mêle des affaires de leur sensibilité.

L'heureux effet de cette indiscrétion est qu'elle les rend plus avisés : ils savent tirer un parti agréable de ceux mêmes d'entre leurs sentiments qui ne sembleraient d'abord leur pouvoir procurer que du déplaisir; ils apprennent à vivre avec leurs peines, comme les médecins qui sont incapables de nous guérir nous conseillent par pis-aller de vivre avec nos infirmités. C'est ce que le vulgaire exprime grossièrement par le proverbe : à quelque chose malheur est bon.

Quand nous venons de nous quitter, quand, sous prétexte d'un faux devoir, d'obligations de famille, vous venez de partir pour une campagne où je ne puis vous joindre et qui n'est pas celle où je vous ai connu, cher Xavier, je ne vous pardonnerais pas si vous ne pensiez avec La Fontaine que l'absence est le plus grand des maux; je ne me pardonnerais pas à moi-même si je ne le pensais pas avec La Fontaine et vous. Et pourtant, sans lui cette fois, vous et moi seuls, nous avons compris que ce mal suprême recèle un peu de bien ou de commodité; et nous n'avons pu nous défendre d'en user comme si nous nous étions donné le mot, tant nous sommes d'aujourd'hui !

L'absence, qui meurtrit si cruellement les sensibilités trop délicates, leur permet aussi une sorte de relation intime moins brutalement réelle, mieux appropriée à cette délicatesse ombrageuse, et dont elles sont aises de pouvoir profiter sans frémissement ni sans alarme. Xavier, j'ose dire que l'absence est rarement, mais quelquefois désirable. Que souhaitent deux amis ? Établir, maintenir une communication impossible, puisque nulle créature, nous disent les philosophes, ne peut sauter hors de son ombre, et que deux mains qui croient se toucher ont entre elles l'infini. Mais laissons la métaphysique. Pratiquement, le regard, la voix sont les instruments de cette communication illusoire. Ces instruments trop sûrs ne nous semblent-ils pas souvent bien grossiers ? Le regard qui se détourne parle moins net, mais plus intelligiblement que le regard direct, que le regard qu'on assène comme un coup. Que de choses ne dirait-on pas s'il fallait, en effet, les dire, et si la personne à qui l'on s'adresse était à portée de la voix ?

Je viens de vous faire mes adieux avec une froideur apparente : ai-je essayé même de vous faire entendre l'excès d'ennui que me cause notre séparation, comme j'y réussis peut-être maintenant que la pudeur de vous le témoigner en face, le respect humain et le sentiment de la mesure ne m'empêchent plus ?

Nous sommes, en vérité, aussi habiles l'un que l'autre à prendre notre avantage des chiches bienfaits de l'absence, et nous en avons donné dans le même instant une preuve nouvelle, mais d'un ordre si différent que je devrais, selon les règles, chercher une transition pour y venir et ne point changer de note si brusquement; mais je n'aime pas ces artifices, et je préfère aussi vous marquer, par la soudaineté presque comique du contraste, la diversité des objets où notre pudeur s'applique. Elle ne se borne pas aux choses du cœur.

Dans l'instant que vous prononciez les formules banales et mornes de l'adieu, en essayant — avec quelle maladresse charmante ! — de dominer votre émotion, vous avez, à rebours, forcé le ton de la gaîté, pour me dire, comme par moquerie :

— Monsieur, il me vient une idée. Je veux que vous me donniez des devoirs de vacances. C'est d'ailleurs vous qui les ferez. Voilà bien longtemps que vous n'avez joué au professeur avec moi.

— Xavier, vous ai-je répondu, que me reste-t-il à vous enseigner ?

— Oh ! bien des choses... Mais une entre autres... Vous m'avez enseigné la grammaire, qui est, si vous ne m'avez point menti, l'art de parler et d'écrire correctement. Il me semble qu'entre écrire tout court et écrire correctement, il y a la même différence qu'entre aimer et aimer bien. Monsieur, apprenez-moi l'art d'écrire. Je pense que ces deux mois y suffiront, puisque trois semaines ont suffi au rudiment. Vous me donnerez vos leçons par correspondance, puisque je ne serai pas là pour les recueillir de votre bouche. Du moins, vous n'aurez pas à craindre que l'élève bavard et indocile ne coupe à toute minute le fil de votre discours; et moi je serai plus sûr que vous ne vous contenterez pas de m'envoyer des cartes postales.

Sentez-vous, mon cher Xavier, que vous n'eussiez point osé me tenir un pareil discours si un témoin, même bienveillant, même notre regretté M. Lancelot, eût été à portée de vous entendre, et surtout si vous n'aviez dû disparaître de mes yeux presque dans le même instant ? Croyez-vous que j'eusse agréé votre prière avec cette joie étourdie, si nous avions dû ensuite demeurer face à face ? Nous n'avons pu surmonter l'un et l'autre une pudeur égale que grâce au pressentiment et à l'appréhension de l'absence... Je crains que ce mot de pudeur ne vous semble déplacé ou ridicule.

J'ai connu naguère une comédienne qui prétendait ne pouvoir pas l'articuler sans faire, involontairement, un effet comique. Elle était bien obligée de le dire pour dire qu'elle ne le dirait pas, et il est vrai que sa moue, son accent étaient à mourir de rire. Mais je ne vous enseigne pas par correspondance pour vous raconter des histoires de coulisses. Il ne faut pas non plus trop se fier en ces matières au jugement des acteurs : ils sont les meilleurs ouvriers de la propagande française lorsqu'ils jouent à l'étranger les chefs-d'œuvre de notre théâtre, mais ils ne connaissent pas toujours le sens et la valeur exacte des mots qu'ils déclament admirablement. J'ai à peine besoin de vous signaler quel fâcheux symptôme d'effronterie nous donnerions au monde qui nous guette, si l'on ne pouvait plus chez nous prononcer le mot « pudeur » qu'en se mordant les lèvres pour ne pas rire.

La pudeur, selon les dictionnaires, est une honte honnête. J'avoue que l'épithète jure avec le substantif ; mais les Grecs sont les premiers responsables de cette inconvenance, car ils nous ont donné l'exemple d'user d'un même terme pour désigner la honte qui est honnête ou celle qui ne l'est point. Ils sont d'autant plus inexcusables qu'ils avaient deux façons de dire honte alors que nous n'en avons qu'une, et qu'ils auraient pu facilement marquer une nuance si importante. Mais ces beaux parleurs, aussi négligés que subtils, ne s'en souciaient point, et ils employaient indifféremment, dans l'un comme dans l'autre cas, αἰδώς ou αἰσχύνη.

Je vous répète, mon cher Xavier, que devant témoins et si nous n'avions été sur le point de nous séparer, hélas ! pour deux mois, une honte honnête vous eût empêché de m'avouer votre désir que je vous apprisse l'art d'écrire par correspondance, et une honte honnête m'eût empêché de vous promettre que je vous l'enseignerais.

Je vous dirai les raisons de ma pudeur, mais parlons d'abord de la vôtre. Plus j'y songe, plus il me semble extraordinaire, contre nature, qu'un homme de votre âge, et surtout de votre génération, prie un confrère sur le seuil de la vieillesse de lui montrer l'art d'écrire. Quelle confiance avez-vous donc en moi ? Je n'en suis pas moins flatté que surpris. Vous consentez donc aussi, implicitement, qu'il y a un art d'écrire, puisque vous me demandez de vous en révéler les secrets ? Je n'en reviens pas, et je gagerais que, si vous voulez bien prendre la peine d'y réfléchir, vous partagez au fond mon étonnement.

Quoi, Xavier, n'êtes-vous pas de ceux qui haussent les épaules quand on leur cite le mot de La Bruyère : « C'est un métier que de faire un livre, comme de faire une pendule » ? Lorsque je déplorais votre ignorance de la grammaire et vous pressais de l'étudier, ne m'avez-vous pas répondu que vous aviez mieux à faire et que vous aviez déjà, pendant la guerre, assez perdu de temps ? N'y a-t-il pas là, cher Xavier, une étrange contradiction ? Vous auriez eu la pudeur de vous contredire si vous n'aviez dû, quelques instants plus tard, vous dérober à ma vue.

Je trouve ingénieuse, et même juste, votre comparaison d'écrire tout court ou écrire correctement avec aimer ou aimer bien. Mais ne vous souvient-il plus de la résistance que vous m'avez opposée quand je vous conjurais d'écrire correctement ? Et c'est vous-même, aujourd'hui, qui m'entreprenez pour que je vous montre à écrire ! L'influence que je vois que j'ai sur vous me fait trembler. Vous ai-je, depuis les jours heureux de Milon-la-Chapelle, si bien apprivoisé — ou corrompu ? Ou dois-je croire qu'en m'attaquant aujourd'hui, comme naguère en vous laissant vaincre, vous avez une de ces raisons du cœur que la raison n'ignore pas toujours et qu'elle confirme quelquefois ? Espérez-vous grandir encore notre amitié, si plaisamment née de la grammaire, et, en passant de l'art d'écrire correctement à l'art d'écrire, lui donner à elle aussi ce caractère d'absolu que l'on n'exprime qu'en supprimant les adverbes ?

Il y a plus de vérité dans cette relation mystérieuse que vous ne le soupçonnez peut-être; mais, comme je ne pourrai la faire éclater à vos yeux qu'environ la fin de mon cours, laissons cela de côté s'il vous plaît. Quant à moi, je vous assure bien que si je cède à votre désir, c'est pour ce même motif de sentiment : j'en aurais cent autres de vous refuser, si j'étais raisonnable.

Vous aviez acheté, à Milon, un cahier d'écolier pour y rédiger mes leçons, et vous aviez écrit en grosses lettres sur la première page : *La nouvelle grammaire de Port-Royal à l'usage des aviateurs éclopés*. Je vous connais : vous avez la manie de l'ordre et des belles couvertures. Vous êtes bien capable de classer mes lettres, de les faire relier, et d'intituler cela : *L'Art d'écrire*. Je vous en prie, n'en faites rien; il n'est pas de titre dont la suffisance me choque plus.

Les Grecs distinguaient plusieurs degrés de la connaissance. Ils plaçaient, naturellement, au plus bas de l'échelle l'ignorant dont l'ignorance va jusqu'à s'ignorer elle-même, et un peu au-dessus l'homme qui, ne sachant point, sait qu'il ne sait pas; mais ils n'accordaient pas encore le plus haut rang à celui qui sait et qui sait qu'il sait: ils en réservaient le privilège au savant qui ne garde pas sa science pour lui, et que les dieux ont rendu habile à la communiquer.

« Tu te flattes donc, ô Gorgias, dit Socrate, d'être un excellent orateur, et capable de former d'autres orateurs ?

— Ma foi oui, ô Socrate, répond Gorgias. Je viens de le dire aux gens qui étaient là tout à l'heure, et je te le répète volontiers. Puisque je me fais payer très cher pour donner des leçons de rhétorique, si je n'en donnais pas de bonnes, je tromperais donc les riches parents de mes élèves et je leur volerais leur argent ? »

La réplique paraît fort naturelle et fort honnête aux auditeurs du dialogue. Je soupçonne pourtant cette bonne pièce de Socrate de l'avoir provoquée pour faire sourire aux dépens du rhéteur qui n'y voit que du feu. Il n'obtient pas d'abord cet effet : ses disciples le guettaient toujours, et ils étaient fins, mais il fallait souvent que le maître les avertît de l'endroit où ils devaient sourire. Ce serait à désespérer du progrès si nous n'étions, au bout de tantôt vingt-quatre siècles, plus prompts à déceler ces malices que les charmants jeunes gens de Platon.

Je ne fais donc nulle difficulté de vous dire que j'ai saisi l'intention du premier coup : je n'en suis pas plus fier pour cela, et ne me crois pas plus d'esprit que Polos, Chéréphon ou Calliclès. Tant pis pour Gorgias si l'épigramme lui a échappé: j'ai un plus vif sentiment du ridicule, et vous ne me ferez jamais dire que je suis un excellent écrivain, capable de former d'autres écrivains.

J'admets la hiérarchie des connaissances selon la doctrine platonicienne, et je veux bien que le plus savant soit celui qui sait, qui sait qu'il sait, et qui sait enfin partager sa science à autrui; mais la vanité de s'attribuer cette perfection me semble insupportable. Entre nous, je préférerais l'humble condition de celui qui ne sait pas et qui sait qu'il ne sait pas; peut-être pour la même raison que je souhaiterais le purgatoire de préférence au paradis, si nous avions la liberté du choix de nos récompenses et de nos peines.

L'orgueil d'enseigner me semble comparable à l'orgueil de juger. On peut avoir un sentiment exquis de la justice, et trembler de s'instituer juge. Je me demande si pour briguer ou accepter cette redoutable fonction, il ne faut pas, à rebours, avoir une idée très présomptueuse et très fausse de la portée des facultés humaines et de la justice elle-même.

Revenons à l'art d'écrire. Puisque vous m'avez prié de vous l'apprendre, vous n'êtes donc plus de ceux qui se moquent ou qui s'irritent quand on leur allègue la phrase de La Bruyère. Vous n'en étiez pas du moins, dans le moment que vous m'avez fait cette proposition décevante; et comme votre genre est d'outrer vos opinions jusqu'à l'extrême rigueur, surtout lorsque vous venez de les retourner, je gage que maintenant vous êtes intraitable sur ce point. On ne vous retirera pas de l'esprit (jusqu'à nouvel ordre) que c'est un métier que de faire un livre, comme de faire une pendule; et je vous scandaliserai sûrement si, quand vous ne haussez plus les épaules, moi je hoche la tête.

Au risque de vous fâcher, je me permets de faire quelques réserves, et je regrette que l'auteur des *Caractères* ne les ait pas faites. Je regrette surtout qu'il ne nous donne aucune précision. « C'est un métier », cela est vite dit. Pour user de l'une de ces comparaisons familières dont abusait Socrate et que les renchéris lui reprochaient, est-ce un métier pareil à celui de cordonnier et qui comporte la même sorte d'apprentissage ? Au fait, il était plus court de reprendre la phrase de La Bruyère : est-ce un métier de faire des livres comme de faire des pendules ?

Il suffit de mettre le pluriel pour apercevoir combien ce rapprochement est hasardeux. Un enfant observerait que tous les horlogers ont les mêmes procédés de fabrication, qu'ils pratiquent avec plus ou moins d'adresse, mais sans ombre de fantaisie personnelle; au lieu que tout écrivain ou, plus généralement, tout artiste a sa manière : s'il ne l'avait point, on l'engagerait précisément à exercer un métier manuel, à faire des pendules ou autre chose.

Un horloger qui aurait sa manière n'inspirerait, à juste titre, aucune confiance au client. On parle, dans une comédie d'Émile Augier, d'un prédicateur « qui a dit sur la charité des choses si nouvelles ». — « A-t-il dit qu'il ne fallait pas la faire ? » réplique un personnage mal pensant. L'art de l'horlogerie est sans doute susceptible de progrès. L'invention est permise à l'horloger, l'originalité ne lui est pas permise. On pourrait craindre qu'il ne poussât la curiosité des choses nouvelles jusqu'à faire des pendules qui ne marquent pas l'heure. Vous voyez bien que, n'en déplaise à La Bruyère, ce n'est pas tout à fait le même métier de faire une pendule ou de faire un livre.

Mais ne dit-on pas d'un écrivain : « C'est un homme qui sait son métier » ? Justement, on le dit, et on ne dit point « un homme qui sait le métier ». Il faut bien prendre garde à cet emploi du pronom possessif : chez les bourgeois, dont vous et moi nous sommes, il a toujours une signification. Nos pareils ont un si bel instinct de la propriété qu'ils ne peuvent se défendre de le confesser à l'occasion d'objets même que l'on n'est ni bien fier ni bien aise de posséder en propre. Ils disent, par exemple, *ma* névralgie ou *mon* entérite. Au rebours, ils affirment quelquefois plus fortement et plus astucieusement leurs prétentions de propriétaires en supprimant le pronom et en y substituant l'article. Ils ne vont jamais chez *leur* médecin, mais chez *le* médecin, pour faire entendre qu'il n'y en a qu'un seul au monde, celui à qui ils font l'honneur de le consulter. Le chauffeur dit *ma* voiture, mais le patron dit *la* voiture, et ce n'est pas par modestie.

Si jamais vous n'entendez un artiste dire : « Je sais le métier », c'est que cette façon de parler prêterait à l'équivoque et il ne se soucie pas qu'on le puisse noter de savoir le même métier que ses camarades. Il dit *mon* métier, pour bien marquer que chacun a le sien, qui ne doit rien à personne.

Nous poussons peut-être à l'excès ce soin d'être des originaux sans modèle ni copie jusque dans le matériel du métier. Cette vanité était inconnue des premiers classiques. Chez les peintres du moyen âge et de la Renaissance, voire en France jusqu'à la fin du XVIIIe siècle, chaque atelier avait ses procédés et ses secrets, le maître les enseignait et les élèves les appliquaient avec assez de perfection pour exécuter sous sa signature des morceaux considérables qui mettent en défaut la science même des experts.

Le métier était alors divers, mais, si je puis dire, collectif. Cette sorte de personnalité à plusieurs ne satisferait plus notre individualisme exaspéré. Il serait vain de regretter ces mœurs patriarcales ou naïvement communistes, et l'on doit s'adapter, autant que possible de bonne grâce, aux conditions du temps où l'on vit.

Nous vivons en un siècle où l'artiste ne doit pas

moins qu'à toute autre époque de l'histoire apprendre et savoir son métier, mais où chacun, encore une fois, se flatte d'avoir le sien. Il ne vous échappe pas, mon cher Xavier, que ces conditions nouvelles modifient singulièrement le sens des mots *apprendre* et *savoir.*

Je ne puis vous partager que mon bien; en d'autres termes, je ne puis vous enseigner que mon métier, qui, par hypothèse, n'est pas le vôtre. Comment donc saurez-vous jamais le vôtre, si vous ne l'apprenez vous-même, à tâtons ? Et vous avez une juste méfiance des autodidactes, que je vous ai d'ailleurs communiquée.

Vous allez trouver que je parle avec une rigueur bien théorique, et mon avis est que vous n'aurez point tort. Vous me représenterez que la mission des éducateurs n'est pas de former des élèves semblables à eux, mais fort différents, et que, s'ils n'ont point trop de contentement de soi ou de préjugés, s'ils ont un peu d'esprit de finesse, dans les occasions ils s'en tirent.

Vous me direz, car vous savez mon faible, que j'ai un certain talent de comprendre l'âme d'autrui, si peu ressemblante qu'elle soit à la mienne, et que comprendre, c'est deviner, quand il s'agit d'une âme, ainsi que la vôtre, à l'état naissant. Vous vous aviserez qu'étant votre aîné, hélas ! de beaucoup, je dois apercevoir, pour ainsi dire, par-dessus votre épaule, la route que vous êtes appelé à suivre, même si elle s'écarte de la route que j'ai suivie; que je puis vous indiquer votre chemin comme les gens qui disent : « Moi, je vais de l'autre côté »; enfin, pour n'employer pas tant d'images, que mon expérience peut vous être de quelque profit par à peu près, en attendant que la vôtre soit acquise et assez mûrie pour vous devenir utile.

Tout cela, mon cher Xavier, est assez juste et néanmoins un peu spécieux. L'expérience est indispensable et ne laisse pas d'être dangereuse. Où l'on s'en aperçoit le mieux, c'est, pour la doctrine, dans la philosophie de l'histoire et, pratiquement, dans la politique. Permettez-moi donc de quitter quelques instants l'humble littérature, et d'élever le débat, pour l'éclairer.

Les politiques de tous les partis invoquent à tout propos, j'ose même dire à tort et à travers, « les leçons de l'histoire ». Ils ne se doutent pas de ce que cette formule implique. Elle suppose premièrement que les volontés particulières ont une action sur les événements et que le rôle de l'histoire est de faire l'éducation de ces volontés. Je tiens pour ma part, avec Malebranche, qu'il n'y a aucune place dans la nature pour les volontés particulières, et j'estime qu'il n'y en a point davantage dans la trame de ces événements naturels que nous voulons distinguer des autres et que nous appelons historiques.

J'avoue toutefois que l'illusion d'optique est ici nécessaire, et qu'il est bien heureux que nos politiques et nos hommes d'action soient ineptes à la philosophie : sinon ils se rendraient compte d'une vérité qui les obligerait de se croiser les bras, et le monde n'en irait peut-être pas plus mal, mais il n'en irait certainement pas mieux.

L'autre danger des leçons de l'histoire est une croyance aveugle à la valeur des précédents; et cette fois comment transiger, si l'on est doué du moindre esprit philosophique ou simplement de clairvoyance ? Xavier, voici la plus vraie de toutes les vérités et la plus méconnue : il n'y a pas de précédents. Il est faux que l'histoire se répète, il est inconcevable du moins qu'elle se répète jamais exactement. Parfois, pour nous tromper mieux, le présent a un certain air de famille qui rappelle le passé — le passé tel que nous l'imaginons; mais la plupart du temps, et notamment de nos jours, où le rythme de la vie est si rapide, la figure de l'univers change presque d'une année à l'autre.

Cependant, les hommes qui font profession d'agir et qui se flattent de régler eux-mêmes leur conduite la règlent uniquement sur l'expérience et les précédents. On était près de faire la guerre en 1914 comme sous Napoléon, et soyez sûr que la prochaine fois, on commencera au moins par la faire comme en 1914; mais je veux espérer que la Société des Nations nous épargnera le chagrin de vérifier cette prophétie. On n'accomplit les œuvres de paix qu'en conformité des précédents, et il est bien plaisant de voir les plus déterminés révolutionnaires, ceux que les Anciens appelaient les amateurs de choses nouvelles, ceux qui se flattent de faire table rase, aussi respectueux et superstitieux des précédents que les plus conservateurs.

Un grand Italien, Guglielmo Ferrero, a exprimé cela, mon cher Xavier, par une image magnifique : « L'Humanité, dit-il, marche à reculons vers l'avenir, les yeux tournés vers le passé. » J'aime à citer cette belle phrase, et je ne l'admire pas moins parce qu'on m'assure que Chateaubriand a écrit la même chose de M. de Bonald. Je veux bien rendre à Chateaubriand les mots qui lui appartiennent, mais vous conviendrez que la phrase de Ferrero, même si elle est empruntée, a plus de portée que celle des *Mémoires d'outre-tombe*, et que l'humanité est un peu plus intéressante que M. de Bonald. Nous ne nous soucions guère comment il marchait... Je me laisse emporter, je devrais songer que ce Bonald, qui était un publiciste à prétentions philosophiques, relève en somme de la littérature et qu'il n'est pas si loin de notre objet, tandis que l'humanité en est fort loin.

Si vous étiez encore à mes côtés, sans doute m'auriez-vous ramené depuis longtemps à cet objet dont je m'écarte sans cesse, pour me ménager le plaisir d'y revenir, comme on ne se brouille, quand on s'aime, qu'afin de se réconcilier. Avec votre honnêteté contrariante, vous me reprocheriez la boiterie de mes comparaisons; vous me demanderiez quelle ressemblance j'aperçois entre l'histoire ou la politique et l'art d'écrire; et vous auriez l'impertinence de me remontrer que, si l'esprit consiste à saisir entre les choses des rapports cachés, il y a vraiment trop d'esprit, c'est-à-dire, moins que rien, à saisir des rapports qui n'existent pas. Enfin, dans l'ordre de la littérature, qu'est-ce que j'entends par ces précédents, qui sont un autre nom de l'expérience ?

Ne me soupçonnez pas, je vous prie, de faire un méchant jeu des mots, un à-peu-près : les précédents sont les procédés, et si ce n'est point exactement là ce que vous souhaitez que je vous enseigne, ce n'est pas non plus quelque chose de fort différent.

Je vous ai dénoncé le péril des précédents; à la réflexion, il n'est pas si grave : qu'importe que les hommes d'action soient empêchés d'agir par la superstition des précédents, puisque au total ils n'agissent point et que leurs volontés particulières sont comme si elles n'étaient pas ? La fatalité, qu'ils croient diriger et qui les conduit, ne prend pas garde si c'est à reculons qu'ils vont où elle les mène.

Mais dans la république, ou dans l'heureuse anarchie des lettres, il y a une place, il doit y en avoir une pour les génies particuliers. L'esprit jouit d'une liberté, possède un pouvoir créateur, qui partout ailleurs lui sont impitoyablement refusés; mais les moyens dont il dispose pour exercer ce merveilleux pouvoir sont précisément ce qui le limite et risque de l'anéantir. Ce sont ces procédés dont vous voulez, ô téméraire, que je vous révèle le secret.

Si vous empruntez ceux d'autrui, vous n'êtes qu'un imitateur, un plagiaire, vous n'êtes rien. Tout au plus vous doivent-ils servir d'exemple et vous suggérer les vôtres; mais les vôtres mêmes, qui vous sont indispensables, ne sont pas des instruments moins perfides. L'artiste n'est pas seulement tenu d'inventer ses procédés, mais de les perfectionner chaque jour, et il leur doit bientôt une sécurité trompeuse. Il a eu d'abord la sagesse d'apprendre son métier : une heure vient où je dirais, si c'était sa faute, qu'il a l'imprudence de le savoir trop. Il s'étonne que sa main devienne plus sûre à l'âge où raisonnablement, mais mélancoliquement, il l'eût excusée de défaillir, il en est fier : il devrait trembler, cette fermeté artificielle est le signe du déclin et de l'impuissance proche.

Le père du danseur Vestris disait :

— Quand mon fils s'est envolé vers les cintres, s'il retombe, c'est pour ne pas humilier ses rivaux, c'est par procédé.

Vestris devait être alors tout au bout de sa carrière : j'imagine que dans son beau temps, quand il retombait sur le plancher de la scène, ce n'était point par procédé, de politesse ou autre, mais simplement par un effet de la pesanteur.

Quand les danseurs retombent, et surtout quand

ils bondissent par procédé, ils ne feraient que sage de songer à la retraite. Vous me direz que je vois venir les malheurs de bien loin et que vous n'avez pas trente ans. C'est vrai, et c'est une preuve de plus que mon expérience n'est bonne qu'à vous attrister sans vous servir.

Voilà bien des raisons que j'aurais de repousser votre prière, et pourtant il va de soi que je vous écrirai sur l'art d'écrire; il me semble même — qu'en dites-vous ? — que j'ai commencé de m'exécuter.

Je n'ai pas trop coutume de me laisser prier en vain par vous. Je n'ai aucun mérite quand vous me sollicitez de choses qui ont le sens commun; je ne suis fier de vous complaire que si je m'assure que j'ai tort, et je me ferais l'effet d'un cuistre si je choisissais entre mes obéissances celles que la raison avoue.

Le cœur, qui s'entend quelquefois avec elle, m'avertit à propos qu'il craint le trop grand jour, qu'il a aussi sa pudeur, ses réticences, et, que dans une correspondance d'amitié, il faut parler d'amitié le moins possible : il faut donc avoir autre chose à dire. L'expérience nous a démontré naguère que la grammaire peut servir l'amitié. Il y a apparence que nous tirions de l'art d'écrire le même parti.

Enfin, si l'art d'écrire est trop souvent un empirisme, une routine et, comme disait familièrement le vieux Socrate, une cuisine, l'écrivain, fût-ce malgré lui ou à son insu, tient compte des lois invariables de l'esprit. C'est de ce côté que peut-être je trouverai des sujets de lettres et des textes de sermons. Je ne me dissimule pas que mon dogmatisme atténué vous heurtera souvent, et qu'en dépit de votre bonne volonté vous aurez des révoltes. Encore un avantage de l'absence, c'est que je ne subirai pas vos réactions. La tristesse de l'absence, c'est que je regretterai de ne les pas subir ; mais j'y suppléerai facilement par l'imagination.

Rappelez-vous la fable que je vous citais au début de cette lettre : quand je vous prêcherai de si loin, je ne sais si je parviendrai à vous faire croire que vous y êtes vous-même, mais je vous promets bien, mon cher enfant, que moi je n'aurai aucune peine à me figurer que je le crois.

LETTRE DEUXIEME

CONNAISSEZ-VOUS Darwin, mon cher Xavier ? J'ai à peine besoin de vous dire que je n'en doute pas; mais je ne doute pas non plus que vous ne le connaissiez mal.

Lorsque je vous ai rencontré, vous aviez l'âge où l'imagination est « achevée d'imprimer », comme disait souvent un romancier du dernier siècle. Il avait tort, au moins pour ce siècle-ci, et, espérons-le, pour le sien et pour les autres. Une de nos facultés qui se met à vivre de ses rentes, c'est le premier signe de la mort, ou de l'inutilité de vivre, qui revient au même. Il n'est pas moins vrai que j'ai entrepris bien trop tard de vous réformer et de vous corrompre. Vous ne pensiez guère, mais vous étiez déjà bien pensant. Quand ce pli est pris, c'est le diable pour l'effacer. Vous avez encore l'âme tout encombrée de préjugés, en dépit de mon zèle destructeur. Je me figure donc que l'on vous a raconté cent sottises sur Darwin et que vous les avez crues.

Vous refusez d'examiner sa doctrine parce qu'elle s'accorde difficilement avec l'arche de Noé, et vous ne rougiriez pas de lui dire, comme Wilberforce, évêque d'Oxford :

— Monsieur, est-ce par monsieur votre grand-père ou par madame votre grand-mère que vous descendez du singe ?

Xavier, Darwin était un homme charmant. Il fut d'abord méconnu des siens, c'est un signe d'élection. Son père lui dit un jour :

— Vous ne vous souciez que de chiens et de chasse aux rats, vous serez la honte de votre famille.

Il fut méconnu de ses professeurs, qui le blâmaient de perdre son temps à étudier la chimie. On l'envoya, en 1828, à l'Université de Cambridge, où il fit ce que faisaient les autres, c'est-à-dire qu'il ne fit rien. Il dînait en ville, il dansait, il jouait aux cartes, il allait aux courses ! Il était l'un des membres les plus actifs, les plus effectifs, oserai-je dire, du *Club des gourmets*. Aussi modeste que frivole, il a écrit plus tard :

« Je devrais être honteux de cet emploi de mes jours et de mes soirées; mais nous étions tous de si joyeuse humeur que je ne puis songer à ce temps autrement qu'avec un vif plaisir. »

Quelle franchise ingénue ! Xavier, vous êtes franc, modeste — peut-être, mais sûrement vous n'êtes point frivole, et je gage que vous vous demandez, en fronçant les sourcils : « Se moque-t-il de moi ? » Car je vous ai promis de vous écrire sur l'art d'écrire, et dès l'exorde de ma deuxième lettre, voilà plus de deux grandes pages sur Darwin, qui n'a aucun rapport avec le sujet... Qu'en savez-vous ?

Au pis ceci pourrait être une digression, qui nous ramènerait donc à la rhétorique. Votre inquiétude d'être raillé se dissipe. Vous ne boudez plus, vous interrogez :

— Monsieur, est-ce là ce qu'on appelle une figure ?

Non, Xavier, la digression n'est pas ce qu'on appelle une figure de rhétorique, et c'est dommage, mon intention étant de ne vous pas dire un mot des autres, qui sont des figures. Si la digression, dont je vous parlerai, en était une, je n'aurais pas l'air d'y mettre du parti pris, j'aurais la conscience plus tranquille, et vous ne me reprocheriez pas de mépriser à l'excès les précédents ni les routines de l'art que je fais profession de vous enseigner

Je songe que le grammairien et philosophe Du Marsais a consacré aux tropes tout un traité, devenu classique, et qu'il semble fort désobligeant pour lui d'insinuer que cet ouvrage n'est d'aucune utilité aux écrivains. C'était un homme de moindre qualité que Darwin, mais aussi moins sensible aux attraits du monde; d'Alembert a loué sans réserve les articles qu'il a fournis à l'*Encyclopédie*, « qui sont en grand nombre dans les six premiers volumes et qui en feront à jamais le principal ornement. » Il serait plus injurieux encore pour Du Marsais de résumer son livre en quinze lignes que de le passer sous silence; mais je lui dois les raisons de mon silence : autrement, le brave homme pourrait croire, du sein de Dieu où il repose, que je me tais uniquement pour lui être désagréable.

Je m'acquitterai de cette courtoisie d'autant plus volontiers qu'elle va me permettre de vous entretenir hypocritement des tropes dans l'instant même où je proteste que je ne vous en parlerai point, en d'autres termes de toucher cette matière par prétérition. Or, cher Xavier, la prétérition, que je viens de vous définir, est elle-même une figure de rhétorique, dont vous observerez que je vous parle aussi par prétérition : c'est en quelque sorte de la prétérition au second degré.

Vous vous rappelez M. Jourdain, qui s'émerveille d'avoir dit de la prose depuis plus de quarante ans sans le savoir. Son maître de philosophie l'instruit « qu'il n'y a, pour s'exprimer, que la prose ou les vers », et néglige d'ailleurs de lui montrer la plus essentielle différence qu'il y a entre les deux; mais le bourgeois gentilhomme est interrogant comme un enfant.

— Et comme l'on parle, dit-il, qu'est-ce que c'est donc que cela ?

— De la prose, répond le pédant.

C'est en effet comme l'on parle. Il est naturel à

l'homme de s'exprimer en prose, il ne lui est pas naturel de cadencer les phrases et de les rimer de temps en temps. On dit de la prose sans le savoir, on ne fait point de vers sans le savoir. Rien n'est si naturel que de faire des tropes, jusque dans la conversation la plus familière; cela même est si naturel que le peuple en use bien plus immodérément que nous. Ce « style figuré », contre quoi fulmine Alceste, est plus en honneur aux halles qu'à la cour; mais aux halles on n'en « fait point vanité ». Nous devons en ceci, comme en beaucoup d'autres articles de rhétorique ou de grammaire, imiter le peuple et faire des figures sans le savoir. Sinon, ce qui était naturel devient artificiel et, la plupart du temps, ridicule.

Sans doute parce que toute connaissance est relative et que nous ne saisissons point les choses en elles-mêmes, mais seulement les rapports qui sont entre elles, nous faisons à tout bout de champ des comparaisons; et quand la comparaison est abrégée par la suppression des formules *comme* ou *de même que*, cela s'appelle une métaphore. Mais ces comparaisons ou ces métaphores, il faut qu'elles nous viennent et non pas que nous les cherchions. N'allons jamais à la montagne. Il nous est également interdit de les faire pour orner notre langage et de propos délibéré. Nous ne devons pas nous dire: « Si je faisais une métaphore ou une comparaison? Voilà cinq minutes que je n'en ai point fait. » La figure doit être indispensable ou n'être pas. Nous n'avons pas le droit de la forger : elle nous est suggérée, nous l'acceptons, et nous n'avons en toute cette affaire qu'un rôle passif. Que nous enseignerait donc ici le rhéteur, que des procédés arbitraires et détestables ?

Il vous remontrera que les métaphores doivent se suivre sans incohérence ? Mais je veux que ce soit votre instinct, ou plutôt votre raison qui vous le remontre ! Il prétendra vous donner des leçons de goût ? Cela est-il de sa compétence ? Je n'aime pas beaucoup que Tertullien ait écrit : « Le déluge universel fut la lessive de la nature »; mais je suis presque tenté de l'aimer, quand j'apprends, par Du Marsais, que le père de Colonia reprochait cette image à Tertullien, sous prétexte qu'il ne faut pas tirer les métaphores d'objets bas et vulgaires. Socrate, qui valait bien le père de Colonia, et même Tertullien, n'était pas de cet avis.

Je ne crois même pas qu'il soit utile, ou sans danger, de connaître la théorie, la définition ni le nom des figures et, quand on en fait, de se rendre compte de ce qu'on fait. Je crains fort que M. Jourdain ne puisse plus articuler d'une façon naturelle A, E, I, O, U, après que le maître de philosophie lui a enseigné que la voix A se forme en ouvrant la bouche toute grande, la voix E en rapprochant la mâchoire d'en bas de celle d'en haut et la voix I en écartant les deux coins de la bouche vers les oreilles.

Et de même, sentez-vous, mon cher Xavier, comme vous seriez décontenancé, si dans l'instant que vous venez très naturellement de prendre le genre pour l'espèce ou la partie pour le tout, un cuistre vous frappait sur l'épaule et vous disait : « Oh ! oh ! c'est une synecdoche » ? Comme on chante, dans une charmante opérette de Meilhac et Halévy :

C'est une idylle et voilà tout,
C'est une idylle dans le goût
De Théocrite et de Virgile.

Je vous ai encore défini la synecdoche par prétérition, mais vous ne m'y prendrez plus, et vous ne me tirerez pas un mot sur l'antonomase, la catachrèse et la métonymie. Si je consens à vous parler de la digression, c'est, encore une fois, parce qu'elle n'est point une figure ou un procédé. Elle est plus et mieux. Je l'appellerais volontiers une des articulations de l'esprit.

Je ne suis pas fâché de cette définition; nos maîtres de Port-Royal ne l'approuveraient sans doute point et m'objecteraient qu'elle ne répond guère à la définition de la définition, en ce qu'elle n'explique point d'abord clairement l'objet défini, et qu'elle a besoin d'être expliquée elle-même. Je vous l'expliquerai, en effet, tout à l'heure; mais je m'avise que la définition est aussi, à l'occasion, une figure de rhétorique, et qu'en voici donc une de plus dont je vous aurai parlé sournoisement grâce à l'artifice de la prétérition ! Je vous supplie, mon cher Xavier, de croire que je ne l'ai pas fait exprès.

Je reviens à ma définition de la digression, que je persiste à trouver bonne et utile. On a dit qu'une science achevée n'est qu'une langue bien faite. Une juste définition est, à peu près de même, la meilleure des apologies, ou le meilleur des arguments pour une apologie, et il faut bien que je plaide pour la digression, que la plupart des lexicographes maltraitent, parce que la plupart des lexicographes en donnent une définition méprisante.

Littré, qui, d'habitude, use de plus de tempéraments, appelle digression « ce qui, dans un discours, s'éloigne du sujet »; et il cite un vers de Boileau, peu favorable aux digressions « où l'on s'égare »; il cite cette phrase de Voltaire : « J'aimerais beaucoup mieux le roman de *Télémaque*, s'il n'était pas tout en digressions et en déclamations. » Passe pour les déclamations; mais parmi les amateurs de *Télémaque*, s'il en est qui, sauf quelques ingénus, s'intéressent davantage aux digressions qu'à l'histoire ?

On pourrait aussi alléguer à Voltaire certains ouvrages, comme les *Essais* de Montaigne, qui sont tout en digressions et qui se laissent lire encore mieux que le *Télémaque*. Richelet pensait-il à Montaigne quand il a défini la digression : « discours qui n'est pas tout à fait du sujet, mais qui doit y avoir du rapport, et qui sert à embellir les ouvrages d'esprit quand il est bien fait et à propos » ? Je ne crois pas qu'il pensât à Montaigne, car il ajoute : « Les digressions doivent être courtes et ingénieuses. » Les digressions de Montaigne ne sont pas ingénieuses n'étant pas cherchées, et personne ne se plaint qu'elles soient trop longues, mais personne n'aperçoit non plus qu'elles soient courtes.

Ce n'est pas toutefois dans les *Essais*, mais plutôt dans les dialogues de Platon que l'on rencontre les digressions les plus capables de nous éclairer sur l'essence même de la digression, sa raison d'être et son rôle parmi les opérations de l'esprit. Dans plusieurs de ces dialogues, mais notamment dans l'un des plus graves, le *Théétète*, qui n'a pour sujet rien de moins que la science elle-même, Socrate quitte à tout instant la grande route du sujet qu'il a d'abord choisi pour s'échapper par les chemins de traverse.

Il le fait le plus ouvertement du monde. Chaque fois il prend soin de demander à ses interlocuteurs si rien ne les presse et s'ils peuvent perdre avec lui une ou deux heures de plus qu'il n'était prévu au début de l'entretien. Sur leur réponse courtoisement affirmative, il repart, et feint de partir à l'aventure. N'en croyez rien : il sait où il va et ne perd pas de vue son objet; mais un esprit de cette qualité et de cette ampleur n'est pas comme les villages qui n'ont qu'une seule rue.

Socrate, en guise d'excuse, dit à ses auditeurs : « L'homme libre doit être le maître et non l'esclave du discours. » Mais c'est là une formule de cérémonie, qui ne suffirait point à justifier cette méthode et qui autoriserait d'ailleurs, si on la prenait à la lettre, les plus inconvenantes divagations. Socrate a, pour procéder de la sorte, et il le sait bien, des raisons un peu plus solides que le caprice de sa fantaisie et le soin de manifester son indépendance.

Vous n'ignorez pas, mon cher Xavier, en quoi tout le progrès de l'esprit consiste : c'est à perpétuellement acquérir des notions nouvelles, des idées, des images et à découvrir entre elles des rapports, en d'autres termes à les associer et à multiplier ainsi son trésor, qui n'est qu'une réserve d'associations. L'esprit orné, l'esprit riche est celui qui ne peut désormais cheminer vers un point fixe, sans être à chaque pas arrêté par les obstacles et les tentations où sa richesse même l'expose ; mais s'il n'était exposé, ce serait un pauvre esprit, et nous ne nous occupons pas, pour le moment, de ces esprits-là.

L'embarras de cette richesse et son danger est ce qui frappe d'abord les timides : vous ne l'êtes guère, mais je m'attends que vous fassiez quelques méchantes plaisanteries sur les nouveaux riches ou même sur les anciens, qui risquent, si le réseau de leurs routes est trop développé, de perdre toute conduite et de ne plus penser que par digression. Tant pis pour ceux qui succombent : ils ne valaient pas mieux que leur destin.

Mais au moyen de quel fil fatal chacun peut-il se diriger dans son propre labyrinthe ? Si vous me demandez une règle, je vous répondrai qu'il n'en est d'autre que la saine raison, la mesure et le bon goût de chacun, autrement dit qu'il n'en est pas. Si vous me demandez un conseil, je vous répondrai, selon mon habitude, qu'ils n'ont jamais servi à rien ni à personne. Je vous ai averti que les esprits dignes de penser ne pensent que par digressions (dont la plupart, il est vrai, sont imperceptibles). A vous de vous en tirer ! N'aimez-vous pas le risque ?

Les esprits les plus pauvres ne sont pas toujours les mieux rangés, ceux qui sont plus encombrés de richesses nous étonnent souvent par l'ordre merveilleux qu'ils font régner en leur logis. Ce sont aussi les mieux « articulés », et qui savent plus à propos faire jouer leurs diverses articulations. Rappelez-vous, Xavier, que j'ai défini la digression une articulation de l'esprit.

Rappelez-vous aussi que tout cela est venu à propos d'une digression que j'ai faite. Aux premières lignes de cette lettre, je vous ai demandé : « Connaissez-vous Darwin ? » et j'ai présumé que Darwin vous semblerait avoir peu de rapport à l'art d'écrire. Vous êtes bien trop malin pour ne pas deviner maintenant que probablement il en a, que je ne vous l'ai pas nommé sans dessein, que j'ai fait une digression pour vous suggérer l'exemple en même temps que le précepte; et vous me faites l'honneur de croire que ma digression doit être le modèle du genre, irréprochable, justifiée, et qui nous ramènera par un tour ingénieux au sujet d'où elle semblait nous écarter.

Tout cela est bien possible, mon cher Xavier; mais je ne veux pas manquer une si belle occasion de vous montrer comment un auteur qui sait piquer la curiosité de son public ménage une suite au prochain numéro; je remets donc à ma prochaine lettre à vous dévoiler les mystérieux rapports du darwinisme et de l'art d'écrire.

LETTRE TROISIÈME

MON cher Xavier, j'ai terminé ma dernière lettre comme un feuilleton dont la coupure fut célèbre, non pas aux jours de mon enfance, mais au temps plus lointain où mon grand-père lisait des romans : « Quelle était cette main ? Quelle était cette tête ? — *A suivre.* » On assure que les lecteurs en perdirent l'appétit et le sommeil durant vingt-quatre heures; grâce à Dieu, le journal était quotidien.

Le doute où je vous ai laissé pendant plus d'une semaine n'a pas un caractère si dramatique; mais je connais la hauteur de votre esprit et la qualité tout intellectuelle de votre curiosité. Bien que votre génération, si nous en devons croire les réclames de librairie, ait repris goût aux intrigues et aux aventures, le mystère de la main et de la tête ne vous eût point empêché de faire vos quatre repas ni de dormir huit heures; au lieu que vous vous êtes demandé cent fois et, je l'espère, avec angoisse, pourquoi diable je vous avais parlé de Darwin à propos de l'art d'écrire, et pourquoi je remettais à une prochaine lettre à justifier ma digression.

Je veux cesser ce jeu. Il n'est digne ni de vous ni de moi que je vous fasse languir plus longtemps et que, pour solliciter votre intérêt, j'use de si grossiers artifices.

Je n'osais point douter, l'autre jour, que vous ne connussiez Darwin, mais je serais bien étonné si vous pouviez me réciter par cœur la liste de ses ouvrages. Vous avez dû ouïr parler de *l'Origine des espèces;* si je vous cite *la Descendance de l'homme et la sélection sexuelle*, il vous semblera vaguement que vous n'entendez pas ce titre pour la première fois, et je respecterai votre illusion; mais je parierais à coup sûr que vous ignorez *De la Fécondation des orchidées par les insectes et des bons résultats du croisement.* Il n'importe: la descendance de l'homme et la fécondation des orchidées ont peu de rapport à l'art d'écrire. *L'Expression des émotions chez l'homme et les animaux* en a sans doute davantage, et vous le sentez déjà; mais il n'importe guère non plus que ce livre classique ait été jusqu'ici pour vous comme s'il n'était pas, puisque j'en peux tirer pour votre usage tout ce qu'il convient quant à présent que vous en sachiez.

Xavier, il faut toujours partir des axiomes ou des définitions premières, qui affectent souvent un tour proverbial. Quand vous écrivez, qu'est-ce que vous écrivez ? Des mots, et la sagesse des nations nous enseigne que la parole a été donnée à l'homme pour exprimer ce qu'il pense.

— Eh bien, ne manquera pas de répondre un homme de votre génération, et ce que je sens, est-ce que je ne l'exprime pas aussi par des mots ?

On ne faisait point, de mon temps, cette distinction entre sentir et penser, et l'on n'était pas, comme aujourd'hui, entiché de la sensibilité, prévenu contre l'intelligence; mais j'accepte volontiers un compromis. Nous dirons donc, s'il vous plaît, que la parole, ou parlée ou écrite, a été donnée à l'homme pour exprimer ses émotions et ses pensées. Vous m'accorderez que, si la parole écrite se soumet à une discipline et devient un art véritable, on ne saurait concevoir nulle expression plus accomplie des émotions ou des pensées; et tel apparaîtra en effet l'objet propre de l'art d'écrire, si on le veut bien envisager plus en philosophe qu'en rhéteur : c'est d'exprimer tout ce que l'on sent ou que l'on pense, d'une façon qui est humainement la plus voisine de la perfection.

Vous observerez que Darwin n'a pas souscrit d'avance notre compromis, et qu'il ne parle que des émotions dans son titre. Les partisans trop exclusifs du sentiment et les mépriseurs de l'intelligence n'en peuvent tirer avantage : le même titre nous avertit que Darwin se propose d'étudier, sans plus, les expressions communes aux hommes et aux animaux. Ce sont, évidemment, les plus élémentaires. Celles dont le privilège semble réservé à l'homme sont, *a priori*, d'une qualité supérieure, et encore peut-on les ordonner en une hiérarchie où il n'est pas moins clair que l'art d'écrire se place de droit au premier rang. L'art d'écrire n'est pas un dernier chapitre de *L'Expression des émotions* : c'est une autre histoire, mais qui serait peut-être moins intéressante si l'on ne prenait soin d'en rechercher les origines lointaines dans l'histoire que Charles Darwin nous a précédemment contée.

Vous jugerez à quelle sorte d'expressions se bornait l'étude du naturaliste anglais, si vous parcourez le questionnaire qu'il fit circuler en 1867 pour quêter des documents. On y peut lire : « L'étonnement s'exprime-t-il en ouvrant largement les yeux et la bouche et en élevant les sourcils ? » Et encore : « Hoche-t-on la tête verticalement pour affirmer ? La secoue-t-on latéralement pour nier ? — Les enfants font-ils la moue quand ils boudent, ou avancent-ils beaucoup les lèvres ? » Ces rudiments de l'expression semblent se rapporter à peine à notre ambitieux propos. Cependant, examinez de près ces trois questions, que je vous ai citées au hasard, mais qu'on dirait que j'ai choisies. La première, sur la physionomie de l'étonnement, ne décrit-elle pas une « expression d'émotion » au sens le plus étroit, c'est-à-dire spontanée, irrésistible, et où la volonté ni l'intention ne sont pour rien; tandis que la moue des enfants, le geste que nous faisons pour affirmer ou pour nier, sont plutôt des « témoignages » que de simples expressions et trahissent notre désir de faire connaître à qui de droit ce qui se trame au fond de nous ?

Parmi donc les expressions de nos sentiments même les plus simples, il en est déjà qui peuvent servir à établir une communication entre les êtres vivants. Cette relation, que je vous disais théoriquement inconcevable, est par bonheur assez fréquente dans la pratique, entre les animaux d'une même espèce, et à plus forte raison entre les hommes qui vivent en société. L'expression des émotions, que chacun peut entendre sans l'avoir appris, est un véritable langage, qui a sur le langage des fleurs l'avantage du naturel et de la clarté. Il n'est pas susceptible d'interprétations diverses : c'est la meilleure langue diplomatique, ou, si vous préférez cette épithète, la langue universelle.

Vous devinez aussi qu'elle est singulièrement limitée. Nous ne devons négliger aucune de ses pauvres richesses. Le cri n'est pas moins que l'air du visage une expression d'émotion. Il est aussi un moyen de communication, et Darwin en donne pour exemple l'appel des mâles à l'heure du désir et du printemps. L'onomatopée, première esquisse de tous les vocabulaires humains, n'est encore guère plus qu'un cri, et « il est possible, dit Darwin, que l'émission de sons vocaux n'ait été primitivement qu'une conséquence involontaire, sans but, de la contraction des muscles thoraciques et laryngiens, provoquée par la douleur ou la crainte »; mais nous leur avons attribué la signification, d'ailleurs évidente, qui nous avait été d'abord fortuitement révélée. L'habitude, puis l'hérédité en ont fixé le sens. Nous touchons au langage articulé.

Darwin n'en veut connaître que les intonations et l'accent. C'est ici que notre objet dépasse le sien : nous devons étudier cette expression supérieure de l'émotion et de la pensée, non pas comme lui en ce qu'elle peut avoir d'instinctif et de presque animal encore, mais à rebours en ce qu'elle a de plus volontaire, et de plus spécialement humain.

Darwin a posé trois principes qui lui semblent, dit-il, rendre compte de la plupart des expressions et des gestes involontaires. Vous devinez à cette épithète que ces principes ne s'appliquent guère à la sorte d'expression qui nous intéresse. Le troisième (pardonnez-moi de commencer par la fin), le troisième ou *principe des actes dus à la constitution du système nerveux, et complètement indépendants de la volonté, voire de l'habitude,* n'a, de toute évidence, point affaire à l'expression des pensées ou des sentiments par la parole. Le premier principe est que, certaines actions étant d'une utilité directe ou indirecte dans certains états de l'esprit, l'habitude nous les fait machinalement répéter chaque fois que ces états de l'esprit se reproduisent; et le deuxième principe est que, non moins machinalement, nous faisons des actions symétriques et contraires, chaque fois que nous nous trouvons dans un état d'esprit exactement inverse.

Il est clair que ces deux formules ne sont pas moins valables pour la parole que pour toute autre expression, mais on ne voit pas trop bien quelles conséquences on en pourrait déduire. Toutefois, le fait que la parole n'est point une expression réflexe, mais réfléchie, nous suggère un corollaire assez divertissant et instructif : machinalement, nous dirions toujours ce que nous pensons; dès que la volonté entre en jeu, nous disons souvent le contraire, soit par prudence, ou pour rien, pour le plaisir. N'est-ce pas, en termes scientifiques, en termes d'école, la traduction du commun proverbe : la parole a été donnée à l'homme pour exprimer sa pensée, et au besoin pour la dissimuler ?

Notez qu'entre ce que nous pensons et ce qui est précisément le contraire, il n'y a pas seulement un milieu comme le croyaient les Anciens trop naïfs, mais une infinité de nuances. Je vous laisse entrevoir ici les dernières subtilités de l'art d'écrire; mais c'est aller trop vite, revenons aux éléments.

Je ne vous apprendrai point que ces éléments, ce sont les mots. Je veux dire que chaque sensation ou chaque idée toute nue est exprimée par un mot, et ces mots sont comme les atomes du langage. On ne rencontre point de sensations ni d'idées nues, ni de mots isolés, depuis que l'homme a passé l'âge du cri et de l'onomatopée et est devenu vraiment une créature parlante. La moindre pensée est un système et les mots ne nous apparaissent plus que liés les uns aux autres dans les phrases. Nous n'en devons pas moins, pour procéder par ordre, les considérer d'abord isolément.

Nous trouvons encore, dans le livre de Darwin, deux documents sur l'expression en général, qui peuvent utilement contribuer à notre étude de l'expression par les mots. Le premier est une simple citation du philosophe Alexander Bain, qui, dans son ouvrage sur *les Sens et l'Intelligence*, écrit : « Je regarde ce qu'on appelle expression comme une partie de la sensation; il se produit toujours une excitation des organes extérieurs de l'économie, en même temps que s'opère la sensation interne ou conscience. » Apercevez-vous la ressemblance de cette formule et de celle-ci : « On ne pense point sans mots » ? L'inséparabilité de l'état de conscience et de son expression est une loi universelle, l'inséparabilité de la pensée et du mot en est un cas particulier.

L'autre document est une vue fort juste de la réciprocité, si je puis dire, des émotions et des expressions. Les unes et les autres sont tour à tour cause et effet. Darwin observe que « la libre expression d'une émotion la rend plus intense, et à rebours, l'effort que l'on fait pour réprimer toute manifestation extérieure modère l'émotion elle-même; nous ne pouvons simuler une émotion sans la suggérer à notre sensibilité. » Ce curieux mécanisme ne vous rappelle-t-il point le personnage de roman, un politique bien entendu, qui disait : « Quand je ne parle pas, je ne pense pas » ? Tous les hommes, même qui ne sont ni politiques ni orateurs, pourraient en dire autant, et nous ne devrions pas nous moquer de ceux qui ont la naïveté ou le courage d'avouer.

Mais il ne s'agit pas ici de justifier Numa Roumestan, et d'ailleurs la remarque de Darwin ne contient, à l'examiner de près, rien qui ne fût déjà impliqué par la formule de Bain. Cette loi est d'une extrême conséquence pour l'art d'écrire. Elle nous montre d'abord que certains romantiques, entre autres Théophile Gautier (sans oublier Flaubert), n'étaient pas si rêveurs quand ils prêchaient comme un article de foi l'identité du fond et de la forme. Mais ils ne faisaient que pressentir la vérité, ils ne savaient pas en rendre compte ni la fonder en raison, et les surcharges de leur style pittoresque lui retiraient son air de vérité. Je n'aime pas davantage le style bourgeois mais superficiel de Boileau, qui a dit quasi la même chose, mais seulement à peu près, en son vers-proverbe :

Ce que l'on conçoit bien s'énonce clairement.

Je le crois parbleu ! si en effet ce que l'on conçoit

ne se distingue pas, à l'analyse, des mots que l'on emprunte pour l'énoncer.

Après tout, c'est peut-être moi qui ai tort de n'user en ces matières ni du style pittoresque ni du style bourgeois, mais du style pédant. Mon excuse, cher Xavier, est qu'il fallait vous faire impression en vous ennuyant un peu. Sans tout cet appareil, votre esprit indocile et léger eût résisté à reconnaître l'importance primordiale du vocabulaire pour un apprenti écrivain, et l'éminente dignité des mots.

Je vous avertis, à propos de mots, que vous devez prendre ceux-ci au pied de la lettre, et que s'ils ont un je ne sais quoi de pompeux, c'est juste dans la mesure qui convient. Plus serait trop. Méfions-nous de la superstition et de la mystique grammaticale.

Un auteur contemporain, que nous admirerons toujours, mais assez souvent sans l'approuver, se félicitait, dans l'un de ses premiers livres, de n'avoir pas la tournure d'esprit de Victor Hugo. Vous me connaissez trop, mon cher Xavier, pour ignorer que je l'ai peut-être encore moins, soit que je m'en félicite ou non, — mais ceci est un secret entre ma conscience et moi. Or, vous savez certainement, mais j'aurai la prudence de faire comme si vous ne le saviez pas, vous savez que, dans le premier volume des *Contemplations*, Victor Hugo a consacré deux pièces au grave sujet qui nous occupe. Il répond à un vieux monsieur qui l'accusait d'être l'ogre, le bouc émissaire, la pioche inepte, etc., en d'autres termes le terroriste ou, si cet argot vous plaît mieux, le « chambardeur » de la grammaire et de la prosodie. Voici, pour commencer encore par la fin, le dernier vers de la seconde pièce :

Car le mot, c'est le Verbe, et le Verbe, c'est Dieu.

Je ne saurais trouver un meilleur exemple de ce que j'appelle la mystique grammaticale. J'ai à peine besoin de vous dire que j'en redoute les nuages plus encore que les excès. Il y a cependant des choses fort justes dans ces deux poèmes, bien qu'elles soient exprimées d'une façon apocalyptique. Ceci, entre autres :

... Je criai dans la foudre et le vent :
— Guerre à la rhétorique et paix à la syntaxe !

On s'apercevrait que cette formule est parfaitement classique et sage, si Victor Hugo l'articulait d'un ton naturel au lieu de la crier dans la foudre et le vent. J'y pense : je l'adopte; et si vous transgressez ma défense, Xavier, si vous publiez ces lettres, je ne veux point d'autre épigraphe au livre que je n'avouerai pas.

Il semblerait aussi que Victor Hugo ait eu, bien avant Michel Bréal, en 1834, la révélation de la sémantique, puisqu'il écrit :

Car le mot, qu'on le sache, est un être vivant.

Mais Michel Bréal n'avait pas non plus la tournure d'esprit de Victor Hugo, et quand il entreprend de faire l'histoire des mots, c'est avec méthode, sur documents, non pas par intuition. Victor Hugo prophétise avec une magnifique témérité. C'est toujours l'apocalypse, toujours la foudre et le vent. Aussi va-t-il un peu loin. Il veut (comme dans l'Évangile selon saint Jean) que le Verbe ait été au commencement, et ait précédé le *Fiat lux* (inconcevable évidemment si le Verbe n'eût préexisté). Quoiqu'il ait déclaré la guerre à la rhétorique, il use de la figure appelée prosopopée (cher Xavier, notez, je vous prie, cette nouvelle prétérition), et il fait dire au Mot :

J'existais avant l'âme. Adam n'est pas mon père.

Comme nous disons familièrement : « Le roi n'est pas son cousin. » Xavier, je ne vous en demande pas tant. Mais je vous prie aussi de ne vous point rappeler à cette occasion la *Dame de chez Maxim.* En 1834, *Adam n'est pas mon père* n'avait encore aucun caractère comique, mais c'était déjà une hyperbole... Il est dit que toutes les figures de rhétorique y passeront.

Je trouve, en revanche, bien humbles ces trois vers-ci :

Et, de même que l'homme est l'animal où vit
L'âme, clarté d'en haut par le corps possédée,
C'est que Dieu fait du mot la bête de l'idée.

Ils semblent au premier abord conformes à la loi de Bain, ou à ce que je vous ai dit de l'identité des pensées et des mots qui les expriment; si vous y regardez de plus près, vous verrez que c'est justement le contraire, et qu'ils impliquent, tout comme le spiritualisme de Victor Cousin, l'essentielle dualité de l'idée et de l'expression. Tout à l'heure, le mot, c'était le Verbe, et le Verbe, c'était Dieu; maintenant, le mot n'est plus que la guenille : c'était trop, c'est trop peu.

Refermons le livre aux sept sceaux et revenons ici-bas. C'est le divin Platon qui nous y ramènera. Ne vous en étonnez pas, cher Xavier : n'a-t-on pas dit que Socrate, son maître, avait fait descendre la philosophie du ciel sur la terre? Platon a su comprendre que la qualité première et seule indispensable des mots est leur propriété, et il a consacré à cette matière un dialogue, le *Cratyle*.

A vrai dire, il n'attache pas à ce nom « propriété » exactement le même sens que nous. Littré la définit une « parfaite convenance du mot pour ce qui est à exprimer », et il cite cet exemple de Boileau : « Jamais personne n'a mieux su sa langue que Balzac et mieux entendu la propriété des mots. » Platon ne se borne pas à définir la propriété, il recherche les titres qui justifient cette parfaite convenance, et il soutient une thèse plutôt qu'il ne propose une formule. Il se demande si les noms ont véritablement une propriété, c'est-à-dire s'ils appartiennent en propre et naturellement, nécessairement, à la chose qu'ils désignent, ou si la fabrication en est fortuite, arbitraire, et si tel nom ne s'associe à telle chose qu'en vertu d'une pure convention.

Cette doctrine de l'illégitimité des mots ne répugnait point à nos vieux maîtres de Port-Royal; ils n'ont pas caché qu'ils se fussent accommodés fort bien d'une langue factice, d'une espèce de volapük : c'est qu'ils avaient beau faire des grammaires excellentes, le langage n'était, à leurs yeux, qu'une vanité entre les vanités. Platon incline vers l'autre thèse, selon laquelle les noms communs seraient de véritables noms propres, ou même les seuls noms propres, car les noms propres de personnes sont plutôt des surnoms. Il en donne des raisons fort plausibles et que la science contemporaine a pu tourner autrement, mais qu'elle n'a pas désavouées.

Ne pensons-nous pas comme lui que les éléments premiers des mots étaient une imitation par la voix des choses qu'il s'agissait tant bien que mal d'exprimer, et qu'ils en signifiaient donc proprement et exclusivement le caractère ou la physionomie, ou, comme dit Platon, l'essence? Nous ne sommes pas si loin qu'il paraît au premier abord de la définition toute positive de Littré, et vous sentez que cette véritable « propriété » des mots est justement ce qui en fait la « convenance ».

Savoir cette convenance ou cette propriété est évidemment la première science indispensable à l'écrivain. Malheureusement, ce n'est pas une science au sens rigoureux où nous l'entendons aujourd'hui. Sinon, tous les bons citoyens, respectueux des lois de la République, seraient des écrivains sans peur et sans reproche. L'auteur du *Cratyle* veut, en effet, que la signification précise et singulière de chaque mot soit fixée par le législateur, sous le contrôle du dialecticien. Vous souriez, mon cher enfant, parce que vous songez à l'affreux jargon que l'on parle dans nos assemblées, parfois même dans la chaire de philosophie. Cela est vrai, mais ne se rapporte qu'incidemment à cet entretien, et je vous serais obligé de ne pas détourner la conversation.

Platon approuve ici par anticipation, mais un peu trop littéralement, le fameux adage de Taine que je pense vous avoir déjà cité : « Une science achevée n'est qu'une langue bien faite. » Taine avait dans l'esprit la nomenclature chimique, œuvre factice et parfaite des savants de la spécialité, qui pourrait au besoin être consacrée par une loi, comme le furent les nouveaux noms des mesures et des poids, lors de l'adoption du système métrique. Vous n'ignorez pas que vous vous rendez coupable d'un délit si vous appelez le demi-quart de l'hectolitre un boisseau, et que, si vous noyez, ce qu'à Dieu ne plaise, vos chagrins dans un setier de vin bleu, vous commettez une double contravention, dont la plus grave n'est pas l'ivresse manifeste. En ces matières, le vocabulaire n'est plus libre. Auguste Comte a dit à peu près de même qu'il n'est pas de liberté de conscience en astronomie.

Mais il ne s'agit point d'un langage scientifique et les mots que vous employez n'ont aucun rapport à la nomenclature des chimistes. Ils ne dépendent que du peuple, et ils ont échappé depuis longtemps ou, pour mieux dire, ils n'ont jamais été soumis à la juridiction ni des savants ni des barbouilleurs de lois. Stendhal, avant d'écrire, lisait deux ou trois pages du code civil pour se mettre en train, et je ne nierai pas que ce modèle ne fût bien choisi; mais il prenait dans le code des leçons de style, et point des leçons de vocabulaire. Il faut revenir à Victor Hugo, « le mot est un être vivant », et les lois de la vie sont infiniment plus complexes que Platon ne l'imaginait. Il a le mérite admirable d'avoir pressenti la sémantique, mais il n'en a entrevu que le rudiment, et il en a tiré des conséquences qui sont fausses parce qu'elles sont absolues; au lieu qu'il n'en aurait probablement tiré aucune conséquence s'il avait poussé son étude plus loin : c'est assez sa coutume de ne pas conclure quand il approfondit les questions.

Nous connaissons mieux aujourd'hui ces lois de la vie du langage, nous connaissons trop leur contingence et leurs caprices décevants pour en oser déduire des règles légitimes quant au choix et à l'usage des mots. Tout au plus vous puis-je donner quelques indications éparses, dont votre goût, de préférence à votre raison, se fera juge. N'oubliez pas, cher Xavier, que je puis avertir votre goût, mais non le former. C'est une besogne qui vous regarde, vous seul, et que vous ne pourriez d'ailleurs accomplir si vous ne possédiez déjà tout l'essentiel de ce goût que vous souhaitez de perfectionner, si vous n'étiez en état de grâce. Étrange cercle vicieux ! C'est bien du goût que l'on peut dire : « Tu ne chercherais pas si tu n'avais déjà trouvé. »

Je maintiens le principe : la première vertu d'un écrivain est la propriété du vocabulaire. Mais tentez-vous de définir en quoi consiste cette propriété, c'est alors que les difficultés commencent.

Si vous l'entendez à la manière de Platon, il est clair que la propriété des mots, comme l'identité des personnes, doit se vérifier par les titres authentiques qui prouvent l'origine et la naissance. L'état civil des mots s'appelle étymologie; mais l'état civil des mots, outre qu'il est souvent incertain, est aussi moins décisif que celui des personnes : l'acte de naissance ne nous apprendrait pas grand chose, et il faut recourir à l'arbre généalogique.

Platon, qui ne soupçonnait pas que la langue grecque fût dérivée et qui la croyait primitive, étudie les mots dont il use lui-même couramment comme s'ils venaient d'être inventés et si jamais encore ils n'avaient subi aucune altération. Il en fait la critique à peu près comme un écrivain d'art ferait celle du Salon où les peintres exposent leur tableau de l'année. Il observe que tous les artistes créateurs de mots ne sont pas doués d'un égal génie et que leurs procédés de fabrication ne sont pas toujours irréprochables. Il reconnaît néanmoins, en plusieurs mots dont il allègue l'exemple, un emploi judicieux des ressources de la voix, et pense démontrer ainsi qu'ils sont en quelque sorte des images — des images sonores — soit des objets, soit des idées.

Vous devinez, mon cher enfant, sans avoir lu le *Cratyle* (je me fie à vous), que la plupart de ces prétendues étymologies au premier degré données par le bienheureux Platon sont d'une haute fantaisie. Les hypothèses que hasardent les sciences à l'état naissant, et singulièrement la science étymologique, sont toujours naïves, souvent baroques. Mais il n'importe que Platon se soit trompé deux fois, en croyant à l'originalité du grec et à l'authenticité de ses étymologies : on peut concevoir, au moins théoriquement, une langue originale, dont toutes les étymologies seraient connues; il n'y aurait point, en ce cas, de discussion possible sur la propriété des mots, et vous m'accorderez qu'un écrivain serait inexcusable de n'écrire pas proprement.

Mais vous savez bien que, si le grec était déjà une langue dérivée, le français l'est à plus forte raison, il l'est même plusieurs fois. L'étymologie des mots, qui en pourrait, je le veux bien, déterminer exactement la signification au premier degré, n'a plus du tout la même rigueur au troisième ou au quatrième degré. Il ne suffit plus de la connaître, il faut connaître aussi l'histoire des mots. Certaines gens vous diront, d'un ton doctoral et cassant :

— Un bon écrivain ne doit jamais prendre les mots que dans leur acception étymologique.

Vous voyez d'abord que ces gens-là sont de faux savants et des puristes ingénus. Mais ceux qui vous diront que l'on doit parler ou écrire d'instinct et sans tenir compte de l'acception étymologique, ceux-là, mon cher Xavier, sont des barbares : vous ne les écouterez pas. Vous n'écouterez pas davantage les autres. Ce n'est pas, encore une fois, la raison qui peut vous suggérer un compromis. Mais ce qui échappe à sa compétence est évoqué par le goût. Je ne vous demande que d'étudier un peu pour avertir le vôtre, sans aller toutefois jusqu'à le pervertir par trop d'érudition et par l'affreuse pédanterie.

Si la raison devait avoir le dernier, les barbares feraient aisément triompher leur thèse. Ils vous remontreraient que la seule utilité de l'étymologie est de suggérer le sens exact et singulier du mot, d'en signifier catégoriquement la propriété. Dès qu'elle perd cette vertu, elle n'offre plus aucun intérêt; or elle ne peut la conserver qu'en gardant sa physionomie d'origine, et tous les mots, au cours de leurs migrations et de leurs métamorphoses, se sont altérés de façon si pitoyable que l'oreille même des philologues a peine à ne les point méconnaître. Dans ces conditions, attacher encore au radical, à la racine, à l'étymologie la moindre importance, ce n'est plus seulement du purisme, c'est du mysticisme. Peut-être; mais ce mysticisme n'est pas tout à fait aussi vain que les raisonneurs l'imaginent.

Pour l'écrivain, il n'y a que deux personnes; la première est celle qui écrit, c'est-à-dire lui-même, et la seconde celle à qui l'on écrit, le lecteur, ou le public. Mettons, puisque c'est une opinion consacrée, que ce lecteur ou ce public ne sait rien de rien, et qu'entre les choses qu'il ignore, il n'en ignore aucune davantage que la propriété des mots. D'où vient qu'il a un tact intermittent, mais souvent si fin, pour discerner les auteurs qui écrivent à tort et à travers de ceux qui écrivent proprement ? Il se sent plus à son aise avec les premiers, mais les autres lui procurent un sentiment de sécurité qui lui semble fort agréable et ne laisse pas de le rendre fier. Il n'en a qu'à demi conscience, il le nierait peut-être, en rougissant, si vous l'en faisiez apercevoir, et il n'est certainement point capable d'expliquer son contentement. Je ne l'expliquerais pas mieux, cela est indéfinissable, mais je vous engage à y rêver, si vous êtes de loisir.

La première personne, l'écrivain, a bien le droit de songer un peu à soi-même; d'autant que son amour-propre est pour la seconde, le lecteur ou le public, la seule garantie qu'il fera de son mieux. Il céderait bientôt à la tentation d'écrire n'importe comment si, quand il murmure à la muette : « Bah ! cela sera toujours assez bon pour ces imbéciles », une autre voix intérieure ne lui répondait :

— Oui, mais cela ne sera jamais assez bon pour moi.

Comme tous les délicats, cher Xavier, vous avez des raffinements, de toilette et d'esprit, qui n'apparaissent point et dont vous êtes le seul confident. Y renonceriez-vous ? Moins volontiers qu'aux élégances qui se voient. La propriété des mots est une de celles que le lecteur sent peut-être obscurément, mais qu'il ne voit pas, ce qui s'appelle voir. Je vous connais, vous allez y tenir si fort qu'il faudra que je vous modère. Laissez-moi vous indiquer quelques nuances.

Vous savez assurément ce que c'est que l'horizon. Tous les hommes, jusqu'aux moins cultivés, emploient ce mot, et l'entendent assez approximativement de même pour ne point faire de quiproquo quand ils en parlent. Est-ce à dire qu'ils l'entendent de même à la rigueur ? Point. Pour le vulgaire l'horizon est quelque chose comme, dans un décor, la toile de fond. Pour les anciens élèves de l'école primaire, à qui l'instituteur a enseigné un peu de cosmographie, l'horizon est, comme le définit Littré, une « ligne circulaire, variable en chaque lieu, dont l'observateur est le centre et où le ciel et la terre semblent se joindre ». Pour vous qui, à l'âge de la bifurcation, avez choisi les humanités et qui n'ignorez pas tout à fait le grec, horizon vient du participe présent ὁρίζων, et signifie ce qui borne. Il suit de là qu'un illettré ne fera pas conscience de dire : « Ah ! vous m'ouvrez des horizons ». Le demi-savant n'aura pas plus de scrupule, s'il a lu dans Littré la définition du mot et s'il n'a pas poussé jusqu'à l'historique. Mais à vous, qui connaissez l'étymologie, cette façon de parler semblera ridicule; vous substituerez à l'horizon la perspective, qui vient du latin *perspicere*, voir au travers, et qui signifie donc le contraire, exactement. Rien ne vous fera résoudre de dire, dans la conversation la plus familière, ouvrir des horizons, bien que vos interlocuteurs soient incapables de comprendre pourquoi vous ne jargonnez pas comme eux et de vous en savoir le moindre gré. Mais est-ce pour votre plaisir ou pour celui des gens qui se rongent les ongles que vous soignez si curieusement vos mains ?

Il va de soi que je vous approuve. Je pense comme ce général qui, au passage de la Bérésina, voyant Stendhal rasé de frais, lui dit :

— Vous vous êtes fait la barbe, Monsieur ? Vous êtes un brave.

Je n'insinue pas, je vous prie bien de le croire, que la langue française en est à la retraite de Russie. J'accorde néanmoins que, dans l'état critique où elle se trouve, il faut une certaine bravoure pour la parler correctement. On a distingué le courage civil du courage militaire : il ne faudrait pas négliger le courage intellectuel, ou simplement grammatical.

Mais je dois vous avertir que ce courage est parfois un luxe inutile.

Sentez-vous qu'il n'y avait aucun courage à parler proprement du temps que les mots étaient l'image sonore des objets qu'ils signifiaient, ni, à plus forte raison, du temps des onomatopées ? La question ne se posait pas, et l'on cessait de se faire entendre dès que l'on confondait les noms communs des choses, comme les vieilles gens de qui la mémoire chancelle et qui confondent les noms propres des personnes. C'était assurément une commodité, mais il ne faut pas regretter que cette époque soit révolue, et il faut même trembler qu'elle ne revienne. Maints signes nous le présagent.

Vous avez ouï dire que *compendieusement* est le latin *compendium,* qui signifie abrégé; mais la longueur de cet adverbe et son poids font que les primaires s'y trompent, et disent expliquer une chose compendieusement pour l'expliquer dans le plus grand détail. Ce n'est pas seulement une faute ridicule, c'est le symptôme d'une tendance à la régression vers les idiomes primitifs; et vous n'ignorez pas que la parole est l'irrécusable témoin de la civilisation, qui n'en mène pas large quand le langage déchoit.

L'exemple de *compendieusement* vous fait bien apercevoir de quelle façon diffèrent la propriété des mots qui ne dépend que de leur structure ou de leur son et celle qui dépend de l'étymologie. Dans le premier cas, le mot est, comme je vous l'ai dit, une sorte d'image sonore de l'objet, et dans le second cas une image tout court, plus précisément une métaphore. Vous ne pouvez prendre sur vous et dire que l'on vous « ouvre des horizons », même à des gens que cette cacographie ne choquerait point et qui penseraient vous entendre, parce que votre conscience vous défend de faire des métaphores incohérentes.

Mais toutes les incohérences ne sont pas apparentes au même degré. Je trouve que c'est une horreur d'écrire « embrasser une carrière », et je vous aimerais moins, Xavier, si vous ne le trouviez comme moi ; mais je sais des écrivains attentifs et pleins de bonne volonté, voire de zèle, qui ne jetteraient pas les hauts cris si vous leur disiez, sans avoir l'air d'y toucher, que vous embrassez la carrière des lettres. Je dois, sans les justifier, vous donner la raison de leur tolérance : c'est que les mots évoluent constamment de la métaphore à l'abstraction, et l'on n'est pas d'accord sur le moment où l'image d'origine achève de s'effacer et où le mot n'est plus qu'un signe.

Mon avis est que, pour *carrière*, l'heure n'a pas encore sonné. Nous savons trop qu'une carrière est « un lieu fermé de barrières et disposé pour les courses », un endroit où nous entrerons quand nos aïeux n'y seront plus. Mais j'ai déjà peine à argumenter contre les modernistes qui me représentent que, si l'on embrasse une cause ou un parti, on peut aussi bien embrasser une carrière, et je crains qu'avant une dizaine d'années cette scorie nouvelle n'ait passé dans le courant.

On ne saurait, d'autre part, écrire seulement trois lignes si l'on se laissait empêcher par le sens étymologique de mots qui n'éveillent plus en nous aucun souvenir de leur ancienne signification imagée, et qui sont devenus décidément algébriques. L'exemple que l'on cite le plus volontiers est celui des mots *âme* ou *esprit.* Vous savez probablement que l'âme, c'est le vent, et l'esprit, c'est le souffle. Si vous ne vous résignez pas à tenir ces sens étymologiques nuls et non avenus, vous vous fermez à jamais les portes de la philosophie. Vous bannissez de la conversation familière des locutions d'un usage courant, approuvées par les meilleurs auteurs, comme « un esprit solide » ou « un esprit bouché ». L'âme d'un soufflet vous semblera une espèce de pléonasme intolérable. Vous imaginerez des choses fort étranges lorsque vous lirez ces deux vers de Racine :

Dans cet embrassement, dont la douceur me flatte,
Venez, et recevez l'âme de Mithridate.

Vous condamnerez Molière, qui a osé dire, dans *Amphitryon :*

Elle a besoin de six grains d'ellébore ;
Monsieur, son esprit est tourné.

Enfin, vous trouverez qu'il n'y a que Dieu qui se soit vraiment soucié de la propriété des termes; car il est écrit dans le Livre qu'Il a dicté : « L'esprit de Dieu était porté sur les eaux. » Mais le cardinal de Retz a dit (II, 82) : « La moindre ombre de compétence avec un fils de France a un grand air de ridicule. » Ne pensez-vous pas, mon cher Xavier, que la moindre ombre de compétence avec Dieu aurait un grand air de sacrilège?

Je vous prie d'admirer ma transition. Je n'ai déniché cette phrase de Retz que pour vous donner un exemple des mots qui changent totalement de sens d'une époque à l'autre, sans toutefois mentir à leur étymologie. *Competentia* ou *competere*, d'où vient *compétence*, n'autorise pas moins le sens de «rivalité » que celui d'une juridiction compétente, ou de la compétence de Vaugelas en matière grammaticale.

De même, quand vous avez des soucis ou qu'une idée vous obsède, vous dites que vous êtes « préoccupé ». Cette façon de parler ne me semble point condamnable, puisque *præccupare* signifie aussi bien occuper par-dessus tout; mais nos classiques et les vieux lexicographes traduisent *præ* par « avant » ou « d'avance », et préoccupation est pour eux même chose que prévention. Si pourtant vous dites ou vous écrivez que vous êtes « préoccupé » contre quelqu'un ou en sa faveur, vous ne vous ferez pas entendre de neuf sur dix de nos contemporains, et le dixième vous accusera d'archaïsme.

On vous fera le même grief, si vous vous rebellez contre une autre loi de la vie des mots, non moins fatale que leur évolution de l'imagé à l'abstrait : ces pauvres mots s'affaiblissent en vieillissant. « Ah ! que vous me gênez ! » signifie chez Racine : « Vous me mettez à la torture », et aujourd'hui, vulgairement : « Je ne sais plus quelle tête faire. »

Il se conçoit qu'un écrivain, qui connaît toutes les ressources d'un vieux mot, essaie d'en ressusciter la saveur déjà évaporée plus qu'à demi. Mais c'est un jeu dangereux. Je me souviens que dans un article, d'ailleurs plein d'émotion, sur un confrère du plus haut mérite, mort subitement, j'avais eu la maladresse d'écrire : « Ce coup nous a étonnés. » *Étonner* a, si j'ose dire, renversé les ayants droit du *de cujus*, et j'ai eu beau leur remontrer, par des exemples tirés des meilleurs auteurs, qu'*étonner* signifie proprement frapper de la foudre, la famille m'en a toujours voulu. On a publié une fois de plus que je n'ai aucune sensibilité. Vous savez bien, mon cher enfant, que cela n'est point vrai, et il me suffit que *vous* le sachiez. Si le monde (et je m'en félicite) doute de ma sensibilité, c'est justement que je ne la publie pas.

Nous retrouverons, à tous les carrefours de l'art

d'écrire, cette question de l'archaïsme; mais je veux la trancher sans retard à propos du vocabulaire ; d'autant qu'elle n'offre aucune difficulté véritable et que nous en viendrons vite à bout, avec un peu de bon sens et de bonne foi. Puisqu'il est démontré que le mot est un être vivant, qui change, il est clair comme le jour qu'un écrivain doit écrire la langue de son temps, selon le bon usage. C'est ce que nul ne conteste sérieusement; par malheur, le bon usage, non plus au XXe siècle qu'à l'âge classique, n'est aisé à définir, et les ignorants en profitent. Plutôt que se donner la peine d'apprendre ils préfèrent tourner en dérision ceux dont l'ignorance a des lacunes, comme dit bien joliment un personnage de théâtre, dans une pièce de notre ami Maurice Donnay; et ils taxent d'archaïsme toute correction.

Peut-être n'ont-ils pas tort, après tout. Je me souviens de vous avoir dit, à propos de la grammaire, que le savoir-parler est du même ordre que le savoir-vivre, et que la plupart des règles du langage sont de convention pure, comme celles de la politesse. Ne nous étonnons donc point, et surtout ne nous fâchons pas, si l'on nous taxe d'archaïsme quand nous nous exprimons à peu près correctement, puisqu'un homme d'aujourd'hui qui se mouche dans un mouchoir, ou qui met le chapeau à la main quand il rencontre une femme dans l'escalier, passe pour un homme de l'ancien temps. Mais que faire ? Parbleu ! rien. Laisser dire et rester bien élevé.

On essaiera de nous embarrasser en nous représentant que, si la matière de la langue change sans cesse, le bon usage ne change pas moins et que le purisme de demain est fait de toutes les impuretés d'aujourd'hui. Soit, mais c'est aujourd'hui que nous écrivons, et nous ne sommes pas tenus de prévoir les malheurs de si loin. J'ose même dire que nous sommes tenus d'y parer, dans la mesure du possible. Le peuple est l'instrument de cette corruption perpétuelle et nécessaire : le rôle de l'écrivain est de la surveiller et, en quelque sorte, de la canaliser. Supposé même qu'il ait du génie — qui n'en a point ? — et toutes les hardiesses de style que le génie autorise, il peut, sur cet article, être prudent, et doucement réactionnaire, qui ne signifie point du tout archaïque.

J'ai peine même à lui passer une petite coquetterie d'archaïsme çà et là, et je l'avertis charitablement que cette affectation innocente, qui fait d'abord sourire, devient vite insupportable. Je lui pardonnerais plus volontiers de rares et discrètes tentatives pour remettre dans le courant de l'usage certains mots ou certaines locutions heureuses que c'est dommage de laisser tomber en désuétude. Je lui ferai cependant remarquer que La Bruyère a dit : « *Cil* a été, dans ses beaux jours, le plus joli mot de la langue française ; il est douloureux pour les poètes qu'il ait vieilli », et que La Bruyère n'a essayé ni de ressusciter *cil* ni de le rajeunir, il en a fait son deuil.

L'archaïsme nous mène au néologisme tout naturellement; mais ne comptez pas sur la symétrie pour obtenir de moi que je donne au néologisme une grande latitude parce que j'en ai laissé à l'archaïsme fort peu. Je suis bien moins accommodant sur cet article que sur l'autre, et je vous le montre d'abord en n'écrivant point que je suis *intransigeant*, comme ne manqueraient pas de le faire neuf sur dix de nos contemporains.

Il nous suffira de peu d'instants pour régler cette ténébreuse affaire. Nul ne s'avise de nier que certains termes nouveaux ne soient indispensables pour signifier certaines choses nouvelles. Ils le sont si manifestement que nous ne perdrons pas notre temps, s'il vous plaît, à le chicaner; mais nous ne permettrons point aux révolutionnaires de la philologie d'en triompher, ni d'en tirer des arguments en faveur de leurs doctrines subversives. Je serais le premier à rire d'un sot puriste qui refuserait de nommer les automobiles, sinon d'en user, sous prétexte que ces choses-là n'avaient de nom dans aucune langue il y a deux cents ans, et moins.

La règle du goût est, une fois par hasard, absolue : tous les néologismes utiles doivent être reçus, tous les néologismes superflus doivent être bannis. Cette loi sévère est si raisonnable que les amateurs de néologie eux-mêmes font mine de la souscrire, mais pour élever ensuite des prétentions inacceptables. Tous les néologismes leur semblent utiles pour diversifier la langue française, si pauvre comme un chacun sait. Comment se contenter du vocabulaire de Racine, qui ne passe point, paraît-il, douze cents mots ? Je crois que c'est Théophile Gautier qui a fait le compte. « L'abondance stérile » de Boileau le mettait hors de lui : l'épithète est pourtant jolie et juste, encore qu'elle soit de Boileau. Il semble douteux qu'une langue ait plus d'intérêt à s'encombrer de mots qui font double emploi qu'un avare à entasser des écus dont il ne fait rien.

Aussi, les gens qui ont la rage d'innover allèguent-ils un argument, en apparence, moins faible : c'est que nous avons bien besoin de mots nouveaux pour exprimer les nuances nouvelles que nous apercevons maintenant de tous les côtés. Vous avouerai-je, mon cher Xavier, que ceci me donne de la méfiance ? Je ne soupçonnais pas que nous eussions de l'esprit de finesse à revendre et que nos pères en eussent si peu.

Je me garderais de porter un jugement téméraire et je me réfère humblement à l'expérience. C'est comme un fait exprès : quand je lis nos classiques, j'y rencontre, à chaque page, de ces nuances que nous nous flattons d'avoir inventées, et qu'ils expriment à merveille avec leurs vieux et pauvres moyens, tandis que nous les exprimons fort péniblement et fort mal avec nos procédés tout neufs.

D'où vient donc l'illusion des modernes ? Peut-être de ceci, qu'ils pensent avoir fini leurs classes et qu'ils ne lisent plus. Pour moi, mon cher Xavier, qui espère bien apprendre jusqu'à mon dernier jour, je ne crois guère à ces fameuses nuances. Je ne saisis aucune différence appréciable entre *émouvoir* et — puis-je l'écrire ? — *émotionner*, sauf que l'un est français et que l'autre ne l'est pas. J'ai, dans mon très petit cercle intime, l'orgueil de ma sensibilité; mais je ne me pique pas, sur ce chapitre, d'originalité ni d'invention. Je craindrais même de diminuer les sentiments que j'éprouve et dont je suis vain, si j'y ajoutais une ombre ou une lumière qui les rendît le moins du monde différents de leur exemplaire éternel.

Vous savez bien, mon cher enfant, quel est de tous ces sentiments celui qui me tient le plus au cœur : c'est l'amitié inquiète que vous m'avez inspirée. Je veux qu'elle soit sans égale, mais je veux aussi qu'elle soit sans nouveauté; et je vous jure que je serais content si, pour vous l'exprimer, j'avais seulement à mon service la langue âpre et douce de Racine, la langue caressante et ironique de Platon.

LETTRE QUATRIÈME

J'ESPÈRE, mon cher Xavier, vous avoir assez maintenant initié à mes secrets pour que cette profession de foi ne vous cause aucune surprise : j'ai beau être, comme on dit, à gauche, je hais le vulgaire, et je n'ai au cœur qu'une seule passion politique, celle de l'inégalité.

Ce que je reproche plus aux nombreux, ainsi que Platon mon maître les appelle, c'est leur prétention extravagante au privilège de la sensibilité et de la haute poésie. Il est sans doute flatteur d'être méconnu : rien ne chatouille plus agréablement que cette injure un juste orgueil, ni rien ne témoigne avec plus de sûreté à notre conscience inquiète que nous passons l'ordinaire.

Cependant — vous allez rire de ma faiblesse, je le voudrais — jamais je n'ai pu me trouver parmi des hommes dépourvus d'éducation, sans regretter qu'ils ne fussent pas assez bien élevés pour soupçonner qu'ils l'étaient mal et que je l'étais mieux; jamais je n'ai eu commerce avec des sots (et Dieu sait si cela m'est arrivé souvent), sans former le vœu téméraire qu'il leur vînt un instant, par miracle, tout juste assez d'esprit pour comprendre qu'ils n'en avaient pas.

J'ai une étrange pudeur de ma sensibilité, et mon amitié même, vous le savez mieux que personne, est une déesse timide qui ne consent point aisément à se dépouiller de son nuage. Si je ne me faisais une raison, j'éprouverais quelque éloignement pour la Vérité, qui a moins de réserve et qui ne doute pas de se mettre nue à tout bout de champ.

J'admire les hommes du XVIIIe siècle, mais les torrents de larmes qu'ils répandent me les gâtent un peu et me donnent terriblement sur les nerfs. Comme je comprends les mères qui ont la main leste et qui fouettent leurs enfants quand ils pleurent ! On peut chanter devant moi toutes les romances qui font chavirer le cœur des foules sans me donner envie que de rire. Je devrais être fier, et je ne suis qu'irrité d'avoir, pour ce motif si honorable, une réputation de dureté et de sécheresse.

Vous ne me ferez jamais dire qu'il faut une religion pour le peuple : en dépit de mon tempérament d'aristocrate, j'ai horreur de cette dédaigneuse formule; mais je suis bien obligé de reconnaître qu'il faut une romance pour le peuple. Il le sait, et il en abuse. Hélas ! je me demande même parfois si je ne suis pas bien sot de me formaliser, lorsque je vois des gens qui s'estiment supérieurs trouver indignes d'eux, mais assez bonnes pour lui, les croyances appelées positives. Il ne faut pas prendre les intérêts du peuple davantage ni d'une autre manière qu'il ne le souhaite lui-même : c'est aussi une façon d'être plus royaliste que le roi.

Les nombreux ne me savent aucun gré de ma délicatesse, puisqu'ils méconnaissent les prestiges de l'humble et sublime vérité, et regrettent ceux de la foi, alors même qu'ils l'ont perdue. Ils ne cessent de se plaindre que la science a banni de l'univers toute beauté. Celle de l'infini et du ciel astronomique leur échappe. Préfèrent-ils vraiment le décor à trois étages d'un mystère médiéval ?

Renan est, je crois, le premier qui ait osé faire justice de cette ineptie sans précautions oratoires, et sans feindre hypocritement d'en être d'abord attendri. Il a démontré, facile victoire, que les conceptions de la science sont mille fois plus poétiques et plus belles que les vieux mythes; mais il n'a pas brisé le cliché. *Vox clamantis in deserto.* Plus vaine encore est la voix qui s'élève dans le silence éternel des espaces infinis.

Ce qui me choque, mon cher Xavier, dans les plus admirables de ces mythes, c'est leur grossière matérialité. Je sais bien qu'elle est nécessaire et qu'un symbole ne peut être qu'une image. Il n'en participe pas moins de la grandeur des vérités qu'il illustre; mais en les illustrant par ce procédé humain, trop humain, comme il les éteint et les diminue ! Envions, si nous ne sommes point capables de les égaler, les rares élus que ne sauraient plus duper les reflets de la caverne et qui contemplent l'idéal en esprit, sans masques ni vêtements.

Je vais vous citer un exemple, un seul, et qui nous ramènera directement, très vite, à l'art d'écrire : je sens que vous me soupçonnez d'oublier une fois de plus mon sujet, ou de tirer à la ligne et de faire foisonner, du moins mal que je puis, une matière infertile et petite. Vous m'accorderez du moins que je ne le fais pas si imprudemment, ou si naïvement que mes prédécesseurs, auteurs des divers « arts poétiques », et que je ne vous ai pas encore, pour le remplissage d'une lettre, crayonné les quatre âges de la vie. Je vous promets que cela ne m'arrivera pas d'ici à la fin de cette correspondance, et que, si je vous parle tout à l'heure de la *Genèse*, ce n'est pas non plus pour trouver un biais à vous décrire incidemment les âges du monde.

Non, il ne s'agit que de littérature. Les mérites de la *Genèse* à cet égard sont universellement reconnus, même des mécréants, même des exégètes qui ne se soucient guère que d'y déceler la superposition d'un texte relativement moderne à un texte beaucoup plus ancien, et de discerner ce qui appartient aux Elohim de ce qui revient à Jéhovah.

On a observé que, dans les mémoires, le chapitre le plus intéressant est toujours le premier, où sont les souvenirs d'enfance. Il en va de même pour le livre sacré. Si vénérables ou si agréables que soient les histoires du paradis perdu, de l'Arche de Noé, ou du double mariage d'Abraham, rien, d'un aveu unanime, n'égale le tableau de la création du monde, et la formule de ce passage la plus justement célèbre est celle que M. de Saci a traduite par ce mot-à-mot : « Dieu dit : Que la lumière soit faite et la lumière fut faite », mais que je préfère encore si l'on traduit plus brièvement : « Que la lumière soit et la lumière fut. »

C'est mieux qu'une image, c'est un éclair. Il ne viendrait à l'idée d'aucun écrivain de goût d'en nier la sublime et surtout la saisissante beauté. Aucun symbole verbal n'a jamais su et ne saura jamais exprimer mieux ni, en quelque sorte, plus brusquement l'absolu de la puissance divine. L'étonnement dont ces quelques mots nous frappent d'abord paralyse notre sens critique; mais quand, après un long temps, nous revenons à nous, il nous faut bien nous aviser — puis-je le dire sans manquer de respect à un texte révélé ? — que ce n'est en effet qu'un texte, et que l'expression reste singulièrement inégale à la majesté de la chose exprimée.

Dieu, mon cher enfant, n'est point pareil à ces auteurs prétentieux qui méprisent de parti pris le public et ne font pas de « concessions ». Cet artiste suprême — le seul véritable artiste — se moque assurément de la littérature ainsi que de l'éloquence, et quand il parle, c'est pour être entendu même des petites places.

Or, le réalisme des nombreux est si ingénu et si littéral qu'ils se flattent encore de prouver l'existence du monde extérieur par l'*argumentum baculi*. La lumière, comme tout ce qui tombe sous leurs sens, est pour eux une chose objective et indépendante de leur faculté de sentir. Nous savons au contraire qu'elle n'existe que par cette dépendance et qu'il n'y aurait point d'objets visibles s'il n'y avait des yeux pour les percevoir. Créer la lumière, c'est donc créer la vision. Admirez comme aisément et vite nous avons passé de l'apparence matérielle à la réalité siprituelle; car qu'est-ce que la vision sinon un phénomène de la conscience, et qu'est-ce que la conscience sinon l'esprit même ? Toute la nature ne s'évertue que pour prendre connaissance de soi. Renan l'a si bien dit dans sa lettre à Marcellin Berthelot qu'il y aurait de l'impertinence à le démarquer : je transcris.

« De qui est donc cette phrase qu'un bienveillant anonyme m'adressait il y a quelques jours : « Dieu « est immanent dans l'ensemble de l'univers, et dans « chacun des êtres qui le composent. Seulement il ne « se connaît pas également dans tous. Il se connaît « plus dans la plante que dans le rocher, dans l'ani- « mal que dans la plante, dans l'homme que dans « l'animal, dans l'homme intelligent que dans « l'homme borné, dans l'homme de génie que dans

« l'homme intelligent, dans Socrate que dans « l'homme de génie, dans Bouddha que dans Socrate, « dans le Christ que dans Bouddha. » Voilà la thèse fondamentale de toute notre théologie. Si c'est bien là ce qu'a voulu dire Hegel, soyons hégéliens. »

Nous ne revendiquons pas cette épithète et nous n'avons pas l'ambition de faire de la théologie; mais ces hautes questions ne sont pas étrangères à notre objet plus modeste; et si l'art que nous étudions a pour fin d'exprimer la conscience de l'homme, qui semble être, quant à présent, la plus haute conscience de l'univers, ne serait-ce pas une aberration de négliger l'histoire générale de la conscience et de son perpétuel progrès ?

On a un peu abusé de cette locution : « un moment de la conscience humaine », que l'on prend d'ailleurs plus volontiers dans un sens moral ou politique, assez éloigné du nôtre. Notre raison ne peut concevoir que la conscience ait eu un commencement et que sa courbe ne se développe point entre deux infinis. Ce n'est aussi que par commodité, et fort arbitrairement, que nous distinguons des moments dans son évolution. Il est évident que l'homme a passé par des transitions insensibles du cri imitatif et inarticulé au nom véritable, et qu'on ne saurait fixer le jour où pour la première fois il a prononcé une phrase, c'est-à-dire où il a porté un jugement. Si du moins on parle de jour, il faut l'entendre comme peut-être la *Genèse*, ainsi qu'une longue et lente période dont ni le commencement ni la fin ne peuvent être déterminés. Ce jour, mon cher Xavier puisqu'il nous plaît de l'appeler ainsi, fut véritablement le grand jour de la création et le seul *fiat lux*.

Vous devez savoir en langue vulgaire ce que c'est qu'un jugement, et quant à présent cet à peu près me suffit. Je ne vous éclairerais pas, je vous embrouillerais plutôt, si j'essayais de vous mettre dans l'esprit les définitions qu'en ont données les philosophes; d'autant que l'excessive et illusoire précision des termes techniques les rend étroites, et partant fausses.

Ils disent :

« Le jugement est l'acte propre de la pensée réfléchie. »

Ne sentez-vous pas qu'il est l'acte de toute pensée, même instinctive ? Cela est si vrai que, si nous creusons un peu, nous allons nous apercevoir qu'un mot, un nom isolé est déjà un embryon de jugement; et peut-être que je m'enthousiasmais tout à l'heure un peu à l'étourdie, quand je faisais dater de la première phrase le *fiat lux* de la pensée. Lorsque vous nommez un objet, vous saisissez et du même coup vous affirmez les rapports qui existent entre sa forme, sa couleur, son parfum, son goût, enfin tout ce qui le fait sensible; et vous savez bien que juger, quelle que soit la variété des jugements, c'est saisir et affirmer des rapports, que l'on découvre ou par l'analyse ou par la synthèse, entre les divers attributs d'un même objet ou entre des objets différents. Vous voyez une fois de plus que le grand jour où la pensée fut créée n'est pas un jour entre les jours et qu'il n'a pas eu de commencement.

Il n'aura pas non plus de fin. Cette création est continue et, théoriquement, éternelle. Après les rapports simples, l'homme saisit et affirme les rapports des rapports. Nous avons l'air de planer beaucoup trop haut et de perdre de vue notre humble sujet : nous voici pourtant arrivés à la syntaxe, plus sûrement et plus vite que si nous avions cheminé par les sentiers des grammairiens.

Lorsque je vous enseignais, mon cher Xavier, leur science tout empirique, leur routine, je vous ai maintefois répété que les règles dont ils se font les champions ou les interprètes ne sont, pour la plupart, nullement fondées en raison. Elles reçoivent toutes leur autorité de l'usage, mettons « du bon usage », quoique le discernement du bon et du mauvais soit, avouons-le, malaisé; notre goût seul en décide, et l'on peut trop souvent se demander en vertu de quel droit, ou les bienséances, qui sont sujettes à changement; bref, ces règles du langage ne valent ni plus ni moins que celles de la civilité puérile et honnête, qui sont de pures conventions. Je vous l'ai dit, je ne m'en dédis pas. Pourtant cela n'est plus si rigoureusement vrai du nouveau point de vue où nous sommes maintenant placés.

Les règles mêmes de la civilité puérile et honnête,

si elles ne sont pas justifiables en raison, ne sont point cependant fortuites ni, à proprement parler, arbitraires. Si l'on remonte à leurs origines, elles peuvent toutes s'expliquer par l'habitude et la survivance d'actions ou de gestes, qui eurent, aux premiers âges de l'espèce, une utilité pratique, et qui sont demeurées à titre de cérémonies. Lorsque vous vous inclinez devant un homme plus respectable ou plus puissant que vous, savez-vous bien, mon cher enfant, que vous lui offrez votre tête afin que, s'il lui plaît, il la coupe ? Il serait barbare et mal élevé s'il vous prenait au mot; mais vous le seriez plus mal encore, si vous lui refusiez cet hommage et ce signe de soumission, actuellement sans danger.

Rien ne se fait au hasard. Le langage humain est un organisme et, comme tous les êtres organisés, il se développe selon des lois que ne peut nous révéler notre entendement, mais dont l'expérience nous instruit. Je ne dis pas que ces lois de la vie contredisent celles de la raison pure, ni même qu'elles ne puissent, en dernière analyse, s'y ramener; mais il faudrait alors les dépouiller de tout le particulier qui leur donne une physionomie, et elles n'offriraient plus aucun intérêt.

Elles ne sont pas absolues et nécessaires au sens mathématique, comme les lois de la raison; mais l'observation nous assure qu'elles ne sont pas moins constantes. Nous avons lieu de croire que des lois de cette sorte, des lois biologiques, ont ordonné l'évolution de la pensée humaine et de son expression par le langage qui en est inséparable. Nous n'entreprendrons pas de démontrer la syntaxe par deux et deux sont quatre, mais convenez que nous donnons à ses règles fondamentales, à ses minuties même (comme la concordance des temps) et à ses apparentes fantaisies, une base un peu moins mouvante et moins fragile que le vulgaire empirisme des grammairiens.

J'espère aussi maintenant vous avoir fait pénétrer toute la vérité profonde de ce vers de Victor Hugo que je vous citais, et que j'étais tenté de prendre pour devise :

Guerre à la rhétorique et paix à la syntaxe !

La rhétorique, ainsi que le disait Socrate aux admirateurs de Gorgias en termes à dessein et ironiquement grossiers, c'est une espèce de cuisine, puisque ce n'est que des recettes, d'ailleurs éprouvées; la syntaxe est un véritable code, superstitieux peut-être, mais authentique, où se reflètent, sans trop de déformation, les lois mêmes de la pensée. Victor Hugo a-t-il mesuré toute la portée du vers-proverbe que son génie lui dictait ? Que nous importe ? Et ne s'est-il pas demandé, dans un autre poème, si Shakespeare comprenait bien tout Shakespeare ? Il ajoute : « O profondeur !... » ce qui nous permettrait de rêver longtemps devant cet abîme. Mais ne nous attardons pas; je ne dois pas oublier, mon cher enfant, que votre génération est pressée.

Ces décrets de la syntaxe, je ne me propose naturellement point de vous en adresser une ampliation, puisque vous en trouverez l'original dans tous les manuels, qui se copient les uns les autres. J'ai seulement voulu vous suggérer le sentiment qu'elles ne sont point sans valeur, et qu'un bon écrivain aurait tort de les traiter par-dessous jambe.

Théodore de Banville a écrit sur les licences poétiques un chapitre d'une merveilleuse concision, qui ne contient que ces six mots, étrangement monosyllabiques : « Il n'y en a pas. » Il n'y en a pas davantage en prose; mais, si je vous les interdis, je ne prétends pas désarmer votre sens critique. Vous demeurez libre d'examiner les lois auxquelles une tradition vénérable vous commande de vous soumettre, et au besoin de les réformer, pourvu que ce ne soit jamais par commodité ou par négligence.

Je suis tranquille : vous ne perdrez plus le temps à ces vétilles dès que vous aurez atteint l'âge de la maturité. Il faut être bien jeune pour avoir l'arrogance ou la candeur de dire que ce sont les hommes de génie qui façonnent la langue et la syntaxe. Selon la formule de Malebranche à laquelle j'ai déjà fait allusion, Dieu en ces matières, comme en tout le reste de son empire universel, n'agit point par les volontés particulières, même par la volonté des hommes de génie. Mais vous ai-je bien fait toucher du doigt l'essentiel, qui est l'éminente dignité des phrases, comme je vous ai marqué un autre jour l'éminente dignité des mots ?

Hamlet n'aimait point les mots, et nos contemporains, qui parlent tant pour ne rien dire, professent de n'aimer point les phrases. Nos contemporains et le prince de Danemark auraient bien raison s'ils entendaient les mots vides, et ces vains assemblages de mots qui ne sont que des espèces de calligrammes. Mais rappelez-vous, Xavier, ce que je je vous ai dit de l'inséparabilité du fond et de la forme, des mots qui sont la pensée même puisque l'on ne penserait pas sans eux, des phrases sans lesquelles on ne jugerait pas, et qui s'appliquent aux contours de l'idée divine ainsi qu'une draperie mouillée.

Il s'ensuit de là, mon cher enfant, vous le sentez si vous raisonnez bien, que l'art d'écrire se confond avec l'art de penser, ou du moins n'en est qu'un dernier chapitre, un appendice; et peut-être m'allez-vous reprocher de vous donner ce que vous ne me demandiez point et de me mêler de choses qui excèdent ma compétence. Est-ce ma faute ? Je commettrais un abus de pouvoir plus répréhensible, si, pour me borner à l'objet que vous m'avez prescrit, j'essayais de modifier l'ordre éternel.

Je l'essaierais d'ailleurs en vain. Je ne fais ici que suivre l'exemple de Platon, notre maître. Quand il s'entretient avec des professeurs de rhétorique, il ne sait leur parler que de la justice et du bien en soi, parce que, selon lui, l'art de persuader ce qui n'est ni juste ni bon serait une funeste cuisine. Il consent qu'un avocat doit défendre l'intérêt de ses clients, mais leur intérêt véritable; et il ne cache pas que, s'il plaidait pour un assassin, il emploierait toute son éloquence à le faire condamner, afin que le misérable, purifié par le châtiment, fût envoyé tout droit aux Iles Fortunées, par Eaque s'il est originaire d'Europe, ou par Rhadamanthe s'il est originaire d'Asie.

Cette doctrine, évidemment, serait peu goûtée des criminels, et les moins endurcis n'auraient pas l'héroïsme de souhaiter que Platon fût désigné, ou Socrate, pour être leur avocat d'office. Je crains que ma propre doctrine, sur la confusion de l'art d'écrire et de l'art de penser, n'agrée pas davantage à maints auteurs que penser ne soucie guère, et qui prétendent suppléer leur néant par l'excès de leur originalité. Mais vous ne serez point de ceux-là? Promettez-moi, cher Xavier, que vous ne donnerez jamais aux critiques le droit de vous assener ce compliment si fréquent dans les dialogues de l'Antiquité : « Malheureux ! Tu crois dire quelque chose et tu ne dis rien. »

La preuve que ni le hasard ni le caprice des inventeurs n'ont façonné la syntaxe, mais que les lois de la pensée nous en ont imposé ou suggéré les règles, est que, pour l'essentiel ou, s'il vous plaît mieux, pour le rudiment, elle est la même chez tous les peuples, comme le départ de la pensée est le même. Dans toutes les langues, n'eussent-elles aucun lien de parenté, la proposition la plus élémentaire lie par le verbe *être* le sujet et son attribut, si elle exprime un état, ou par un autre verbe le sujet et son complément, si elle exprime une action de celui-là sur celui-ci. Cet humble fond commun n'est pas si négligeable que votre supériorité le voudrait croire; car il contient en somme toute la matière première des syntaxes.

J'avoue que les divers peuples ne traitent point de même cette matière première quand ils se mettent à fabriquer des phrases plus compliquées que *Dieu est bon* ou *J'aime mon prochain.* Aussi dit-on que chaque langue a son génie; mais ce mot vous témoigne que les différences, d'ailleurs assez superficielles, que l'on remarque entre les façons de parler, correspondent exactement à des différences entre les façons de penser. J'ajoute qu'elles ne vous confèrent aucun droit d'en prendre à votre aise avec la syntaxe de votre pays, puisque, étant écrivain français, vous devez nécessairement conformer votre façon d'écrire au génie de la langue française.

Il est vrai que, pour vous en dispenser, vous pourriez alléguer votre génie personnel; mais, si même le ciel vous a fait un don si rare, je ne vous engage pas à invoquer cette excuse. Vous allez dire encore que je suis conservateur. Peut-être. Ne nous attardons pas à ces vaines disputes. Quittons votre génie, qui est un sujet irritant, et revenons à celui des langues.

Je vous en parle à propos de la syntaxe, j'aurais déjà pu vous en parler à propos du vocabulaire. Certains mots qui, dans une langue, sont assez raisonnablement proscrits comme inexacts, sont tolérés ou usuels dans une autre langue. Je devrais pouvoir vous en citer maints exemples, il ne m'en revient qu'un pour le moment.

Si pendant vos récréations, non d'étude, mais de jeu à Milon-la-Chapelle, vous vous étiez écrié tout d'un coup : « Je m'amuse excessivement ! » notre bon M. Lancelot aurait levé les bras au ciel, et en dépit de ma partialité pour vous, je ne lui aurais pas donné tort. Il vous aurait remontré, avec indulgence, mais sans réplique, que l'on s'amuse, à la rigueur, extrêmement, ou que l'on s'amuse follement, mais que l'on ne saurait point s'amuser excessivement, c'est-à-dire trop. Comme vous aviez la rage de lui tenir tête, vous lui auriez riposté que les Anglais (dont il ignorait la langue) emploient couramment *exceedingly* dans le même sens, et que cet abus ne fait point gémir les puristes.

J'aurais eu l'hypocrisie d'intervenir dans la discussion pour vous sauver à l'improviste après avoir fait mine de vous accabler. J'aurais premièrement accordé à notre ami que l'anglais moderne ne saurait faire autorité; puis je lui aurais tout doucement rappelé que les anciens Grecs faisaient la même faute qui n'était point une faute chez eux : ἄγαν, qui signifie *trop*, marquait indifféremment ou l'excès ou le superlatif, et cela est d'autant plus notable que l'une de leurs devises favorites était μηδὲν ἄγαν, rien de trop. Mais qu'en pouvons-nous inférer, sinon que le génie de la langue grecque autorisait une licence que le génie de la langue française défend? Et vous avouerez que c'est une misère.

La chose devient plus grave quand nous passons à la syntaxe. Mon enfant, je n'imagine point que vous eussiez dit jamais, fût-ce par étourderie : « J'entre et je sors du jardin. » Mais enfin, si vous l'aviez dit, j'entends d'ici le cri douloureux que ni M. Lancelot ni moi n'aurions pu retenir. Cependant, après réflexion, la plus simple loyauté m'eût obligé de représenter au petit neveu du sous-diacre que nous n'aurions crié ni l'un ni l'autre s'il vous avait pris fantaisie de parler grec et de traduire mot à mot *j'entre et je sors du jardin ;* car les jeunes gens de Platon, Socrate lui-même, usent sans scrupule de cette tournure, qui est une énormité pour nous, et qui apparemment n'offensait pas leurs oreilles.

Quelle que soit ma superstition des Grecs, je ne puis nier notre avantage en ce point, et je vous conseille une fois de plus de vous en tenir au génie de la langue française, si c'est en français que vous écrivez. Mais je vous conseille aussi de bien l'étudier vous-même, de ne vous en fier qu'à vous seul et de ne pas croire toutes les sottises que vous diront les gens qui tranchent de la grammaire et qui n'y connaissent rien. Je ne vais point perdre mon temps à discuter toutes leurs billevesées, je n'en examinerai qu'une avec vous, et vous comprendrez tout à l'heure que je l'ai choisie à dessein.

Au temps heureux des humanités, on ne pouvait guère cacher aux jeunes élèves, qui apprenaient le grec et le latin, que les anciens aimaient à construire des phrases longues et nombreuses, articulées fort savamment en latin et, en grec, très nonchalamment. Mais les pères, jadis lauréats, fiers de n'avoir point perdu tout souvenir de leurs études classiques, se faisaient montrer chaque soir la version grecque ou latine; et s'ils la trouvaient traduite trop mot à mot, ils ne manquaient point de dire à leur fils (qui n'avait en eux aucune confiance) :

— Coupe donc ces périodes qui n'en finissent pas. Elles répugnent au génie de notre langue. En français, il faut faire la phrase courte, la phrase de Voltaire.

J'en suis fâché pour eux, cela prouve simplement qu'ils n'avaient pas lu Descartes ni les classiques du XVIIe siècle. Cela prouve même qu'ils n'avaient pas lu Voltaire, dont les phrases sont nettes, légères, fluides, mais nullement hachées.

En dépit de ces autorités, le dogme de la phrase courte, de la phrase réduite à l'indispensable, à trois mots, à deux en supprimant le verbe, si évidemment nécessaire qu'il va de soi et qu'on peut le sous-entendre, ce dogme est depuis cent cinquante ans l'un des articles de foi de la bourgeoisie cultivée.

La première conséquence de cette hérésie est la proscription des *qui* et des *que*. Je ne vous prétendrai pas (vous refuseriez de me croire) que j'aie un faible pour eux. J'envie les Latins, et leur règle du « que retranché », selon l'expression plaisante des grammairiens d'autrefois, qui oubliaient que l'on ne peut retrancher ce que l'on ne possédait point d'abord, et tout en n'oubliant pas moi-même que ce *que*, inconnu des Latins, était usuel chez les Grecs : ils n'en écrivaient pas plus mal.

Mais enfin, pour condamner les *qui* et les *que*, il faudrait invoquer des raisons un peu plus solides que celles de monsieur le curé qui ne pouvait souffrir les *o*, et quand on n'a pas ce que l'on aime, il faut aimer ce que l'on a. J'avoue que je fais, en ce point, fort peu de différence entre monsieur le curé et Flaubert qui, lors de la réception d'Alexandre Dumas fils à l'Académie française, disait à tout venant (comme La Fontaine, « Avez-vous lu Baruch ? ») :

— Oh ! ce discours ! Avez-vous compté les *qu* et les *que* ?

Je ne défends pas le style d'Alexandre Dumas fils, ni du père ; mais c'est tant pis pour la langue française, si elle est si essoufflée qu'elle doive mettre le point final tous les trois ou quatre mots, et faire une phrase entière de ce qui, logiquement, n'est qu'un membre de la période. Je ne disconviens pas, hélas ! que le génie de notre langue ne soit un peu haletant, mais je le déplore, et je tiens que le grand art de l'écrivain français est de composer avec ce vice de son instrument.

Il y faut beaucoup de doigté. Si vous construisez vos phrases en français comme il serait raisonnable de les construire en toute langue, on vous soupçonnera de le faire par pédantisme ou par plaisanterie. On le faisait sérieusement au XVIIe siècle. Ferdinand Brunetière l'a tenté deux cents ans plus tard. Je me souviens d'avoir écrit qu'il avait l'esprit de syntaxe, comme d'autres ont l'esprit de mots. J'entendais par là, sans charité, qu'il avait l'air de se moquer du monde. Il est toujours légitime et presque toujours amusant de se moquer du monde, mais il est fâcheux d'en avoir l'air.

Je ne vous dissimule pas les deux écueils que vous risquez de toucher : c'est, pour user de la comparaison classique, Charybde et Scylla. Vous apercevez aussi, je pense, comment je vous ai amené jusqu'ici par une ingénieuse transition, et pourquoi j'ai ouvert cette parenthèse que, maintenant, je ferme.

L'idéal de toute syntaxe serait d'ajuster si bien l'ordonnance des mots à celle des pensées qu'une seule phrase, avec ses articulations et ses incidentes, pût enfermer en ses contours souples une idée entière et l'exprimer jusqu'à l'épuiser. Dans la pratique, il faut en rabattre, mais le moins possible. C'est un tour de force, et je crains qu'il ne soit particulièrement difficile en français. Les deux langues qui, en dépit des philistins et des démagogues, nous serviront toujours de modèles, le latin et le grec, sont à cet égard plus favorisées.

Le latin et le grec le sont si différemment que je ne saurais, mon cher Xavier, vous proposer un meilleur exemple de ce génie des langues qui donne à chacune sa figure et son accent propre. Les Latins étaient architectes, ou plutôt constructeurs, et ils se piquaient de bâtir pour l'éternité ou au delà, *œre perennius*. Ils avaient le sentiment des proportions plutôt que celui de la mesure, vous sentez la nuance, et un certain faible pour le colossal était le péché de leur goût. C'est une forme de l'impérialisme. Mais il n'y a pas à dire, tout ce qu'ils produisaient était rudement confectionné, inusable.

Leur syntaxe ressemble à leurs aqueducs et à leurs temples. Elle est avant tout monumentale. Chaque mot, ainsi que chaque pierre, occupe la place qu'il doit occuper. Ce n'est pas eux qui, pour l'effet, mettraient des pleins sur des vides comme au palais des Doges ! Ils respectent l'armature de la raison, qu'ils laissent visible, et au besoin ils la soutiennent par l'artifice des mots, si elle fléchit. Maintenue dans ces cadres rigides, la pensée la plus hasardeuse fait illusion. Elle a une si robuste apparence que l'on est tenté de lui dire, comme Louis XIV à Mme de

Maintenon : « Votre Solidité... » On est aussi tenté de lui dire, comme Chérubin parlant de sa marraine :

— Ah ! Suzon, qu'elle est noble et belle ! mais qu'elle est imposante !

Je ne déteste pas cela, je suis fils d'architecte ; mais le symbole de l'esprit, c'est Psyché, l'enfant ailée, curieuse, ce n'est pas Niobé métamorphosée en roc insensible, et je crains que les procédés des tailleurs de pierres ne soient ici peu opportuns.

Je le crains, ou je l'espère, et je préfère la syntaxe des Grecs qui ne canalise point l'idée, mais qui en suit le cours naturel et lui passe tous ses caprices. Elle en épouse jusqu'aux inconséquences, et ne souffre point que la phrase s'achève, lorsque la pensée boude et ne s'achève pas. Tant d'ellipses et d'anacoluthes surprennent le lecteur français et devaient scandaliser le lecteur latin. Il semble que, chez les Grecs, une phrase qui se termine dans le ton où elle a commencé soit une exception, et que la licence soit la seule règle de cette syntaxe, d'ailleurs curieusement raffinée. Mais n'est-ce pas l'image même de ce qui se passe dans notre esprit, dont l'anarchie est l'état normal et où l'autorité de l'entendement ne s'exerce que par éclairs ?

Platon, qui est probablement le plus habile prosateur de tous les âges, use d'une syntaxe aussi libertine que le duc de Saint-Simon ; mais l'auteur des *Mémoires* le faisait par morgue, pour bien montrer qu'il ne daignait pas écrire correctement, étant gentilhomme : Platon a d'autres raisons, meilleures, qu'il sait ou qu'il ignore. Il obéit à son instinct, ou au génie de sa race, qui lui conseille de parler comme l'on pense ; et on dirait que ce n'est que par négligence qu'il accomplit en se jouant le miracle de la draperie mouillée.

La syntaxe des meilleurs écrivains français procède plus souvent des Latins que des Grecs ; et cela n'est point raisonnable, car notre pensée ne manque point de souplesse ni de fantaisie, et ne s'accommode pas trop bien d'une forme lapidaire ; mais cela est explicable parce que nous descendons plus directement des Romains que des Hellènes, et aussi parce que nos gens de lettres, qui ne sont pas nécessairement de forts humanistes, ont assez bien su le latin jusqu'à présent, et le grec assez mal. Quand ils ne sauront plus ni l'un ni l'autre, je me demande de qui procédera notre syntaxe.

Vous allez me répondre : « Des nègres ! » Hélas ! on ne peut se dissimuler que les présages sont alarmants et que les temps semblent proches.

Au XVIe siècle, où notre phrase avait cette ampleur familière et ce laisser-aller que je souhaite je ne sais trop s'il le faut attribuer à une connaissance toute fraîche, enthousiaste, et à la fois plus intime, des grands modèles de la Grèce ; car Montaigne, qui mieux que tout autre sait rendre par l'ordonnance des mots les moindres mouvements, les détours et les retours, les repentirs d'une pensée qui ne va jamais droit au but, Montaigne parlait le latin couramment, et confesse qu'il n'était en grec qu'un écolier. Entre nous, je me contenterais bien d'être un écolier de sa force. Mais, au XVIIe siècle, on aperçoit aisément la différence des écrivains nourris de Cicéron ou de Sénèque, et de ceux qui lisaient Platon ou même *Théagène et Chariclée.* Vous devinez que je songe à Racine. Mon cher Xavier, on a dit presque autant de sottises de son style que de son caractère. Les amis d'un art timoré, faussement classique et dégoûtant de fadeur, osent le revendiquer pour leur maître ! Ils sont dupes de ce bon ton, de cette élégance quasi bourgeoise, de cette fluidité, ils ne soupçonnent pas tout ce que le ruisseau tranquille recèle et roule de tumultueux. Le vrai est que le « doux », le « tendre » Racine a, comme on devait s'y attendre, la syntaxe de son tempérament. Il n'en est pas de plus hasardeuse, de plus téméraire. Saint-Simon ne méprise pas mieux les règles et Platon ne les assouplit pas mieux. Racine était helléniste, la plupart de ses contemporains ne l'étaient plus.

L'exception devient plus rare encore au XIXe siècle. Si Renan a des grâces et des façons d'écrire attiques, Taine est latin au suprême degré. Flaubert l'est inexorablement. Ce n'est pas un Latin de la métropole, c'est un Latin d'Afrique.

J'ai souvent ouï dire qu'Anatole France devait

beaucoup à l'imitation et au commerce des écrivains grecs. Cette opinion m'étonne, je ne saurais y souscrire. Les emprunts et les artifices de France sont si apparents que le premier critique venu peut aisément surprendre son secret : il ne daigne point le dissimuler. Il développe selon les règles immuables que les orateurs romains de l'âge classique et de la décadence ont transmises à l'ancienne université. Il parle aussi leur langage, sa syntaxe est issue du latin. France n'était peut-être pas, au temps même de ses études, mais il est demeuré jusqu'à son dernier jour un élève accompli des Jésuites.

Ce n'est pas pour vous ôter le courage, mon cher Xavier, que je vous cite l'exemple de ce maître. D'abord il reste inimitable, heureusement, en dépit de mes réserves, et je ne puis donc le prendre pour terme d'une comparaison désespérante. Je le puis d'autant moins que mon seul reproche à son adresse est d'avoir pratiqué en perfection l'art des rhéteurs, que malgré vos instances je me défends de vous enseigner, et que même je nie radicalement.

Qu'est-ce donc que je vous enseigne ? Xavier, ne me poussez pas trop, je ne saurais vous répondre avec la précision que votre jeunesse tranchante exige. Ce n'est pas, encore une fois, les règles d'une syntaxe positive et particulière que j'essaie de vous apprendre, puisque vous les trouverez dans n'importe quelle grammaire; c'est, il me semble, l'esprit de la syntaxe, de toutes les syntaxes, qui ont pour objet d'exprimer la pensée par la phrase, comme les mots pris à part expriment les éléments de la pensée.

Quant aux modes d'application, vous devez les inventer vous-même, singulièrement ceux qui ne conviennent qu'à vous. S'il en est de communs, à l'usage des pauvres gens que le Ciel n'a doués d'aucun génie, je vous défends bien d'y recourir, et je vous prie de croire que, si j'avais la disgrâce de les connaître, je ne vous rendrais pas le mauvais service de vous les révéler.

Vous faites la moue, et vous me regardez avec cette ironie supérieure dont vous savez si bien prendre l'air, quand il vous paraît qu'en laissant errer de-ci, de-là mon discours, j'ai oublié en route l'essentiel du sujet. Ne vous flattez pas, ô jeune homme impatient et méthodique, de me trouver en défaut, et ne triomphez pas trop vite. Je devine quelle est cette omission dont vous alliez me faire un crime : je ne vous ai parlé que de la façon des phrases et point encore de leur beauté.

Ce retard a lieu de vous étonner, j'en conviens : j'ai témoigné un souci de cette beauté quand j'étudiais avec vous la grammaire qui n'est qu'un recueil de règles pour parler correctement; il est un peu fort que je la néglige quand nous traitons de l'art d'écrire, qui est un chapitre de l'esthétique, et qui, en conséquence, a la seule beauté pour objet. J'en demeure d'accord; mais, Xavier, je vous l'ai déjà dit, je suis fils d'architecte et je ne saurais abandonner aucun des principes que je dois à l'hérédité.

La beauté d'une construction, soit d'un édifice ou d'une phrase, résulte d'abord, ou peut-être uniquement, des proportions, de l'harmonie et d'un équilibre dont l'apparence inspire un sentiment de sécurité. Les ornements ne sont que l'accessoire de la beauté, et encore la desservent-ils au lieu de la servir, s'ils ne sont point mis en leur place, s'ils ne sont point nécessaires, — je préfère cette épithète plus exacte : s'ils ne sont point justifiés.

Je sais bien que certains esthètes définissent la beauté tout autrement. Ils disent qu'une statue, par exemple, est belle, si elle semble affranchie des lois de la matière, et notamment de la pesanteur. Une statue, je le veux bien (je n'en jurerais pas); mais que penseriez-vous d'un temple qui semblerait affranchi des lois de la pesanteur et de la stabilité ?

Vous allez me reprocher d'en prendre à mon aise avec la théorie de l'art pour l'art. Je proteste que j'y crois toujours, mais non comme le charbonnier. J'entends que l'on ne joue pas sur les mots. Il n'est pas niable que la beauté, comme parlent les philosophes, « a sa fin en soi »; elle se suffit à elle-même et elle a droit à l'égoïsme sacré. Mais je ne puis me défendre d'observer que neuf fois sur dix, quand on cherche l'art pour l'art et sans se laisser divertir de lui par un autre soin, on ne le trouve pas. C'est comme le bonheur : il est très rare qu'on le rencontre quand on ne vise pas à un tout autre objet, ne fût-ce qu'au bonheur du prochain.

Les Anciens n'approuvaient pas cette doctrine de l'art pour l'art, et vous m'accorderez qu'ils avaient quelque sentiment de la beauté. Ils auraient jugé nos excès de zèle inconsidérés ou impies.

Rappelez-vous la prière de Renan à la déesse orthodoxe :

« Des prêtres d'un culte étranger, venu des Syriens de Palestine, prirent soin de m'élever. Ces prêtres étaient sages et saints. Ils m'apprirent les longues histoires de Cronos, qui a créé le monde, et de son fils, qui a, dit-on, accompli un voyage sur la terre. Leurs temples sont trois fois hauts comme le tien, ô Eurhythmie, et semblables à des forêts; seulement ils ne sont pas solides; ils tombent en ruine au bout de cinq ou six cents ans; ce sont des fantaisies de barbares, qui s'imaginent qu'on peut faire quelque chose de bien en dehors des règles que tu as tracées à tes inspirés, ô Raison... »

Xavier, je ne crois pas que l'on puisse rien faire de bien, même en littérature, hors les lois de la raison.

Renan dit, un peu plus loin :

« Tu es vraie, pure, parfaite; ton marbre n'a point de tache; mais le temple d'Hagia-Sophia, qui est à Byzance, produit aussi un effet divin avec ses briques et son plâtras. Il est l'image de la voûte du ciel. »

C'est bien possible, mais je vous confesse, ô Xavier, que je n'aime point les briques et le plâtras; je suis classique, pardonnez-moi.

Vous ne vous étonnerez donc pas que j'aie négligé de mettre en épigraphe, à cette leçon de syntaxe : « De la musique avant toute chose. » C'est un principe que je n'admets pas, même en vers. Mais laissons les vers de côté; vous ne m'avez pas, grâce à Dieu, sollicité de vous rédiger un art poétique. Ma compétence ne s'étend qu'à la prose.

Vous savez déjà que je la crois susceptible de nombre et de cadence autant et plus que les vers, dont les rythmes sont si peu variés, et que je ne fais donc point fi de la musique. Je la crois même indispensable pour achever de rendre l'idée, qu'une belle phrase ne doit pas exprimer seulement par le sens brut des mots, mais par l'arrangement de leurs sons.

Vous entendez bien de quelle musique intime et pénétrante je veux parler, de quels dessous d'orchestre et de quelle mélodie continue. Vous ne pensez pas que j'attache le moindre prix à ce que les rhéteurs appellent « harmonie imitative ». On passe ces fantaisies à un grand écrivain qui s'amuse, pourvu qu'elles soient accidentelles et qu'il n'y revienne pas trop souvent. Mais prenez garde qu'une harmonie imitative n'est qu'une sorte d'onomatopée de plusieurs syllabes, à peine plus complexe et plus savante que celle des hommes primitifs, et par conséquent un très alarmant symptôme de régression.

LETTRE CINQUIÈME

PEUT-ÊTRE, mon cher Xavier, vous souvient-il qu'aux jours heureux de Milon-la-Chapelle quand j'ai commencé de vous enseigner la grammaire et d'accoucher votre esprit selon la méthode socratique, je vous ai demandé d'abord de quoi se composait votre roman.

— De soixante-quinze feuillets ! m'avez-vous répondu avec un juste orgueil.

— Mais, ai-je dit, sur chacun de ces soixante-quinze feuillets, qu'y a-t-il ?

— Mon écriture.

— Mais encore ?

— Des phrases.

— Et de quoi se composent les phrases ? N'est-ce point de mots ?

— Oui, de mots.

— Et de quoi se composent les mots ? N'est-ce point de lettres ?

— Parbleu ! oui, de lettres.

Ici, notre bon M. Lancelot est intervenu et m'a fait observer poliment que je trichais, vu que, non content de vous poser des questions qui suggéraient la réponse, je vous soufflais cette réponse même et vous n'aviez plus qu'à la répéter après moi.

Peu importe : c'est le procédé même de Socrate. Il ne m'est plus permis d'en user, pour deux raisons : la présence réelle des deux interlocuteurs est requise, et je ne vous vois point actuellement devant mes yeux; puis, j'ai pu feindre que vous eussiez une connaissance innée des lois grammaticales, je n'irais pas jusqu'à prétendre que vous sachiez de naissance l'art d'écrire et que la tâche du maître se doive borner à vous le remettre en mémoire. Hormis ces deux détails, qui sont d'ailleurs de la première importance, je pourrais, si j'étais paresseux, reprendre quasi textuellement ce début, à condition toutefois de renverser l'ordre des éléments.

Nous avons étudié les mots, ensuite les phrases. Plusieurs phrases forment un alinéa ou paragraphe (dont la coupe a sa raison d'être et n'est point laissée à votre caprice). Plusieurs paragraphes forment un chapitre, et un certain nombre, ou, pour mieux dire, un « système » de chapitres forme un livre. En d'autres termes, nous voici parvenus à l'art de la composition et au style.

Il semble hasardeux de confondre l'un et l'autre sous la même définition; mais j'ai encore deux mauvaises raisons (ce sont les meilleures) pour lever ce scrupule. La première est que vos vacances ne doivent pas excéder six semaines et que je n'ai donc plus qu'une lettre à vous écrire après celle-ci; la deuxième est que j'ai relu à votre intention le discours prononcé à l'Académie française par M. de Buffon quand il y vint prendre séance le samedi 25 août 1753, et j'y relève cette sentence :

« Le style n'est que l'ordre et le mouvement qu'on met dans ses pensées. »

Vous m'accorderez que, si c'est cela le style, on ne voit guère comment on le distinguerait de la composition.

Il est vrai que Buffon croit devoir ajouter :

« Si on les enchaîne étroitement (les pensées), si on les serre, le style devient ferme, nerveux, et concis; si on les laisse se succéder lentement, et ne se joindre qu'à la faveur des mots, quelque élégants qu'ils soient, le style sera diffus, lâche et traînant. »

Je ne saurais vous proposer ce petit développement pour modèle, car il me paraît signifier exactement la même chose que ces deux vers charmants d'une opérette :

En vous voyant sous l'habit militaire,
J'ai deviné que vous étiez soldat.

Mais Anatole France n'estimait pas moins que l'auteur des *Époques de la Nature* fut le plus grand écrivain du XVIIIe siècle. J'ai beau n'en rien croire, je vous avoue que j'ai un faible pour son discours de réception à l'Académie.

Jamais récipiendaire n'en prit plus à son aise avec le mort qu'il avait l'honneur de remplacer. Ce mort était M. Languet de Gergy, archevêque de Sens. Matière infertile et petite ? Sans doute. Buffon l'oublie dès les premiers mots de son remercîment, et ne lui fait même pas l'aumône d'une précaution oratoire. Il s'échappe d'abord vers les généralités.

« Je n'ai, messieurs, dit-il, à vous offrir que votre propre bien : ce sont quelques idées sur le style que j'ai puisées dans vos ouvrages. »

Quand il arrive au bout de son oraison, il s'aperçoit qu'il a un peu trop cavalièrement négligé la tradition académique; mais que faire ? Il ne saurait ajouter au chef-d'œuvre bien balancé une syllabe, sans rompre l'harmonie et l'équilibre ni altérer les proportions. Il se tire de peine en faisant à part une « adresse à Messieurs de l'Académie française », où cette fois il n'oublie personne, ni la Sagesse, ni la Gloire, ni le plus puissant et le meilleur des rois (en note : Louis XV, le Bien-Aimé), ni Richelieu, ni Séguier; enfin, pour conclure, il s'écrie :

« Et près de moi, messieurs, quel autre objet intéressant ! la Religion en pleurs, qui vient emprunter l'organe de l'éloquence pour exprimer sa douleur, et semble m'accuser de suspendre trop longtemps vos regrets sur une perte que nous devons tous ressentir avec elle. »

Évidemment Buffon ne fait pas mal de mettre en note : « Celle (la perte) de M. Languet de Gergy, archevêque de Sens, auquel j'ai succédé à l'Académie française »; car personne autrement ne s'en serait douté. Quelle preuve du néant des grandeurs humaines, et surtout quel admirable exemple de prétérition !

Si je n'avais pas d'autre motif pour aimer le discours de Buffon, cher Xavier, vous ne me prendriez pas au sérieux, et vous n'êtes déjà que trop porté à me juger légèrement. Je ne vous en veux pas, c'est de votre âge. La gravité est l'un des charmes de la jeunesse, elle a le bon goût de s'en aller avec les années. Un sage qui devient austère et convaincu en vieillissant, c'est comme une brune qui devient blonde : elle ferait mieux de devenir blanche. Imitons l'exemple de Socrate qui, en attendant la mort dans sa prison, faisait ses premiers vers, et apprenait l'art de la danse *in extremis*. Mais revenons d'abord à Buffon, qui eût trouvé ces propos d'une inconvenante futilité.

Je vous ai cité sa phrase sur le style, qui « n'est que l'ordre et le mouvement qu'on met dans ses pensées ». J'en vois une autre à glaner, parmi des préceptes qui me semblent oiseux. Il était temps, c'est presque à la fin de ce bref discours; mais deux bonnes phrases dans un opuscule académique, peut-on demander plus ?

La voici, je présume que vous en avez déjà entendu parler : « Le style est l'homme même. » Vous devinez pourquoi elle me plaît. Elle rend à peu près inutile tout ce qui l'entoure, elle répond exactement à ce que je vous ai répété cent fois au cours de cette correspondance, et elle justifie ma paresse.

Si le style est l'homme même, la seule règle du style est « Connais-toi ». Comme dit Voltaire en son *Dictionnaire philosophique*, après avoir très sommairement traité de la finesse, de la délicatesse, de la véhémence et de la force, « ces beautés ne s'enseignent pas; il faut beaucoup d'esprit et de goût; il serait difficile de donner des leçons de l'un et de l'autre. »

Je vous prie de m'entendre au sens le plus étroit quand je vous donne le γνῶθι σεαυτόν des Grecs pour la grande règle du style. N'imaginez pas que je n'attache de prix qu'à l'originalité. Les modernes ont sur cet article des idées qui eussent fort étonné les anciens. Nous faisons fi, chez un auteur ou chez un artiste, de tout ce qui ne lui appartient pas rigoureusement en propre; les anciens n'avaient jamais songé à faire cas de ce bien privé, qui est, à vrai dire, imperceptible même chez les originaux sans copie.

Je ne prétends pas qu'ils eussent absolument tort; et je veux bien que l'on se doive borner à exprimer ce que l'on est seul à penser et à sentir; mais la tâche serait tôt achevée, et il ne serait pas mauvais de s'assurer un métier de secours.

Vous connaissez le proverbe : grattez le Russe, vous trouverez le Cosaque. Certains même, dont je suis, ont l'impertinence de dire qu'il n'y a pas besoin de gratter. L'originalité n'est, de même, qu'un mince vernis, sous lequel vous trouverez vite le fond commun.

Mais je ferais scrupule de vous désenchanter. Si une autre métaphore vous plaît mieux, je vous dirai que c'est la fleur qui donne au fruit toute sa beauté appétissante; elle est d'autant plus précieuse qu'elle est plus fragile et que, pour la ternir, il suffit d'un contact maladroit ou d'un souffle.

Pour achever de vous réconforter, je vous rappellerai que, selon Leibniz, il n'est pas deux feuilles rigoureusement pareilles dans la forêt. Tout homme a donc, théoriquement, une originalité. C'est une sottise incroyable de s'en fabriquer une, ainsi que le conseillait à ses disciples un romancier du dernier siècle. Il est même préférable de ne pas trop savoir l'originalité que l'on a, et de la trahir sans le faire exprès. Elle se trahit par le ton et encore une fois par le style; ici le γνῶθι σεαυτόν ne s'applique point, mais nous reviendrons tout à l'heure à l'inconscient, au subconscient et autres découvertes récentes.

Ne croyez pas non plus que ce fond commun que l'on trouve sous le vernis d'originalité soit quelque chose de banal et de vulgaire; c'est, mon cher Xavier, l'esprit humain lui-même, avec ses règles devant lesquelles nous sommes tous égaux, et la majesté des lois éternelles sauve tout. Un artiste et un écrivain doivent les connaître, afin de n'en jamais contrarier le jeu; au lieu que pour l'originalité, son génie et Dieu y pourvoient.

Il me resterait à vous enseigner un procédé de fabrication qui réponde à ces deux données assez peu conciliables en apparence, et peut-être en réalité, savoir que l'esprit humain n'opère jamais selon des règles particulières, mais que l'expression ou le style sont choses essentiellement personnelles. Je ne vois rien de mieux à faire que de vous dire naïvement de quelle façon moi, je procède.

Vous tirerez de ce document le parti qu'il vous plaira, et il se peut que le meilleur soit de n'en tirer aucun. Je me permets de vous rappeler à cette occasion le bel oracle, un peu mystérieux, mais, quand on y pense, très clair, de Frédéric Nietzsche : « Si tu veux me suivre, ne me suis pas. »

Vous n'êtes pas, mon cher Xavier, de ces jeunes écrivains qui disent : « Moi, je ne lis jamais. » J'imagine, ou je sais, que vous avez pratiqué Stendhal. Il a été, en ces derniers temps, si bassement dénigré que ses admirateurs raisonnables se voient obligés de le louer sans réserve et de le traiter comme on fait aujourd'hui les auteurs vivants à leurs débuts, dans les réclames de librairie. Si je n'abdique point en sa faveur le sens critique, c'est que j'adresse ces lettres à vous seul : je compte que vous garderez fidèlement le secret de notre correspondance. Si vous ne le gardez point, tant pis pour vous et non pour moi : je décline toute responsabilité.

Je vous avouerai donc, ayant pris cette précaution inutile, qu'à mon petit sens on se récrie un peu trop fort sur la qualité de sa psychologie. Elle est uniquement descriptive ou pittoresque. C'est peut-être tout ce qu'on peut demander à un faiseur de romans, et même d'essais comme son livre de *l'Amour*. Il est curieux que la plupart des romanciers modernes à qui nous attribuons généreusement l'étiquette de psychologues renient ou nient la science de l'âme. Ils se défendent même d'avoir reçu le don de lire dans la pensée d'autrui. Maupassant a donné l'exemple de cette inconséquence. Il note avec une exactitude scrupuleuse les mines et les gestes, tous les signes visibles de l'émotion : il prétend éviter l'analyse et ce qu'on appelait jadis l'anatomie du cœur humain.

Stendhal n'avait pas cette façon de se chicaner soi-même, et il ne désavoue point la psychologie ou la « physiologie »; pourtant jamais, sous les accidents qu'il enregistre, on n'aperçoit qu'il ait soupçonné les ressorts ni les lois générales de l'esprit. Même quand il ébauche un semblant de théorie comme sa « cristallisation », que fait-il que de traduire en termes de littérature des vérités explorées depuis longtemps par la science, mais nommées par elle d'un autre nom ? Il témoigne ainsi naïvement que lui-même il ne les connaissait pas et qu'il se flatte de les avoir découvertes.

Son chapitre intitulé *Le rameau de Salzbourg* n'est qu'une peinture allégorique des phénomènes les plus élémentaires de l'association, de l'idée dominante et de l'idée fixe. Je conviens toutefois que cette illustration n'est pas déplaisante et qu'elle ne fausse point ce qu'elle pare, encore que peut-être inutilement. Je n'hésiterai pas à piller Stendhal, afin de vous enseigner avec plus d'agrément et en évitant la moindre ombre de pédanterie.

Vous m'objecterez que Stendhal traite étroitement de l'amour, dont vous ne saisissez pas les rapports avec l'art d'écrire, de quoi il faut bien nous souvenir de temps en temps que nous sommes occupés. Mais, cher Xavier, l'amour est une cause universelle, dont les passions de l'amour ne sont que des cas particuliers. Il suffit, avec la haine, à expliquer tous les événements de l'histoire, et probablement tous les phénomènes de la chimie et de la physique.

Soit, direz-vous encore, mais Stendhal ne l'entend pas ainsi, puisqu'il croit avoir épuisé toutes les catégories de l'amour quand il en a dénombré quatre, savoir l'amour-passion, l'amour-goût, l'amour physique et l'amour de vanité.

Je vous l'accorde, mais il ne laisse pas de sentir, un peu vaguement si vous voulez, que ce ne sont là que quatre figures, pour ainsi parler, temporelles de l'éternelle attraction; j'en ai pour preuves certaines phrases de son texte où il s'échappe comme malgré lui vers les généralités. Il observe que les joueurs *cristallisent*. Il écrit : « La haine a sa cristallisation. » Il écrit enfin ceci, qui nous va indirectement ramener à notre propos :

« Il y a cristallisation même en mathématiques, dans les têtes qui ne peuvent pas à tout moment se rendre présentes toutes les parties de la démonstration de ce qu'elles croient. »

Ces formules ne sont pas claires, et si le Code où Stendhal cherchait des leçons de style était rédigé de la sorte, ce serait un nid à procès. Il ne faut cependant qu'un peu d'attention pour démêler ce qu'il veut dire. Qui, sauf une raison parfaite, mettons celle de Dieu, peut se rendre présentes toutes les parties d'une démonstration ? Il s'ensuit de là que même la découverte d'une vérité mathématique n'est jamais le résultat du pur raisonnement; c'est l'imagination qui l'opère selon ses lois propres et avec ses procédés incertains.

Quand on demandait à Newton comment il avait trouvé le principe de la gravité, il répondait : « En y pensant toujours. » Qu'est-ce à dire, sinon qu'il laissait se faire en lui le travail de la cristallisation, et que patiemment, sans même le contrôler, il en attendait les effets ? Quelle que soit la différence des mathématiques à la littérature, la création littéraire s'accomplit par les mêmes voies, et la première règle est de laisser agir la nature, en la surveillant sans doute, mais en évitant surtout de la contrarier par des artifices d'écoles.

Agit-elle de même dans tous les esprits ? Rien ne nous autorise à l'affirmer, quoiqu'il n'y ait pas trop d'apparences du contraire; mais qu'avons-nous besoin de trancher ces questions de principe ? J'ai curieusement observé comment la nature agit chez moi, et je me suis fait une discipline en conséquence.

L'idée dont nous tirerons quelque chose nous est toujours suggérée par le hasard, comme la poussière du pollen est apportée par le vent à la fleur qu'elle doit féconder. Nos créations les plus raisonnables et plus tard les mieux mûries ont pour cause première une rencontre, une chance.

Jamais je n'ai reçu cette faveur du destin (qui ne l'accorde point exprès et n'est généreux qu'à son insu) sans être averti de ma fortune tout aussitôt. Croyez que je n'attribue à cette sorte de pressentiment, ou d'appréhension, nulle origine mystérieuse. Elle n'est qu'un effet bien simple de l'instinct, dès le premier jour infaillible par définition, mais qui devient encore beaucoup plus sûr quand une longue habitude le confirme et que l'on est rompu au métier.

Prenez garde que je viens de vous décrire, en termes moins ambitieux, l'inspiration, ou du moins ce qu'il y a d'essentiel dans ce phénomène et, si je puis dire, de positif. Il est clair que l'inspiration augmente notre pouvoir d'agir, et qu'elle ne saurait donc aller sans joie, si, comme je pense, la doctrine de Spinoza est vraie.

Les poètes qui trouvent ces expressions trop modestes et, au lieu de dire que l'inspiration nous grandit, préfèrent dire qu'elle nous transporte hors de nous-mêmes, ou qu'un dieu descend en nous et nous possède, les poètes éprouvent aussi, en ces conjonctures, un sentiment de joie, mais plus débridé, qu'ils appellent enthousiasme.

Pour nous, pour moi du moins, les temps de l'enthousiasme sont passés. Je goûte, mais fort discrètement, la joie que je ne manque pas de ressentir quand l'inspiration me touche. Je ne m'y abandonne point, je me la dissimulerais plutôt. Je deviens très circonspect. Je ne me jette pas sur l'idée qui m'est révélée, comme la misère sur le pauvre monde. Je feins de ne l'avoir pas distinguée, j'évite de la regarder fixement, et je lui épargne l'injure de mon attention qui ne pourrait d'abord que l'étonner sans me servir.

Je sais bien qu'elle va peu à peu s'installer dans mon entendement, dans ma mémoire, et mettre à contribution toutes les ressources de ma fantaisie; que par un procès tout pareil à celui de la cristallisation que Stendhal a minutieusement décrit, elle attirera, elle s'assimilera tous les souvenirs, toutes les images, toutes les autres idées qui ne sont pas incompatibles avec elle, et qu'elle chassera de mon esprit tout le reste; qu'enfin elle deviendra l'idée dominante, l'idée exclusive et l'idée fixe. Mais je sais aussi que ce travail, qui doit s'achever au grand jour, dans le temple serein de ma raison et de ma conscience, doit longtemps se poursuivre dans les parties les plus souterraines, les plus obscures de mon être, et que je l'arrêterais net si je faisais mine de m'en apercevoir ou si j'intervenais trop tôt.

Mon hypocrisie calculée ne m'empêche pas de sentir s'insinuer en moi l'idée qu'il ne m'est pas encore permis de saisir, et d'exercer sur elle comme une surveillance intermittente. Ne vous est-il pas arrivé parfois de vous endormir hanté d'une pensée vague, de ne retrouver en vous éveillant aucune trace, aucune mémoire des rêves que votre intelligence a pu élaborer pendant le sommeil, et pourtant de voir, grâce à leur prestige, souriante à votre chevet la pensée informe d'hier dégagée de toutes ses brumes ? Le travail de l'inconscient est ainsi coupé de réveils brefs, qui nous laissent par intervalles surprendre le cheminement de l'idée.

Nous ne voyons pas sans un peu d'humiliation que sa démarche, qui serait incertaine et hasardeuse si la raison la conduisait, est, dans ce labyrinthe et sans le secours du fil fatal, aussi sûre que celle d'un somnambule au bord d'un toit. C'est en ces ténébreuses profondeurs que s'accomplit presque tout le miracle de la cristallisation. Vous me pardonnerez l'incohérence des métaphores : je ne sais par quel tour accommoder celles de Stendhal et les miennes.

Chaque fois donc que le rameau pour un instant nous apparaît, il nous semble enrichi de nouveaux diamants. Nous craignons que les plus précieux ne se détachent et ne se perdent avant que l'objet nous soit rendu; nous en dressons au vol l'inventaire; autrement dit, pour parler maintenant sans figures, c'est à ce moment que les auteurs prévoyants et méthodiques se mettent à prendre des notes.

Je ne dis pas qu'ils aient tort, en théorie. On peut se défier de sa mémoire, craindre qu'une beauté ou une pensée ingénieuse, entrevue et fugitive, ne nous échappe pour jamais si nous ne prenons soin de l'inscrire au moment qu'elle passe; et cette précaution n'a pas trop d'inconvénients si nous notons bien loyalement au fur et à mesure que les éclairs se produisent devant nos yeux, en respectant l'utile incohérence de notre fantaisie, et en évitant d'arranger ou de classer; malheureusement, notre raison a la manie de la raison, et il est bien difficile de la contenir quand elle s'entête à mettre de l'ordre dans ce qui doit être désordonné.

Je condamne pour un autre motif l'abus des fiches et des dossiers : je crois que c'est bien du papier noirci pour rien, et un fatras dont nous ne tirons effectivement aucun parti.

On avait la superstition des notes, à l'époque du naturalisme. Alphonse Daudet (qui ne laissait pas d'en couvrir ses carnets) disait assez finement :

— Il ne faut pas prendre la note, il faut que la note vous prenne.

L'auteur de *Numa Roumestan* et du *Nabab* entendait que le romancier en mal d'une œuvre nouvelle ne doit pas d'abord procéder à une enquête à la manière du juge d'instruction. Je me souviens qu'il se moquait fort d'une femme et mère d'artistes qui disait à ses amies avec une juste fierté :

— Je suis seule et abandonnée à Paris; mon mari et mon fils sont en Belgique, où ils informent dans les bas-fonds.

Daudet voulait dire surtout que nous devons, si quelque chose par hasard nous frappe, le noter, mais que nous ne devons point faire exprès d'être frappés par n'importe quoi pour nous ménager l'occasion de prendre une note.

Une formule si pittoresque n'est jamais fausse, mais elle n'exprime qu'une partie de la vérité : elle s'arrête à la surface. Si Daudet avait creusé un peu plus, il aurait pris garde que tous les objets qui nous frappent ne sont pas également mémorables. Valaient-ils la peine d'être notés ? Notre mémoire en conserve le souvenir, qu'elle nous représente au moment voulu, et nous n'avons aucun besoin de nous référer à la note. Si notre mémoire est infidèle, c'est que l'objet n'avait point réellement de valeur; il ne nous a fait impression que par l'effet d'une circonstance accessoire, aussitôt oubliée; et en ce cas la note n'est pas seulement inutile, mais décevante : elle est une chose morte que la prudence nous conseille de laisser dormir au cimetière du carnet.

J'ai d'abord pris beaucoup de notes, pour faire comme mes aînés; j'ai cessé d'en prendre quand je me suis avisé que je ne les repassais guère, et que ma mémoire avait seule qualité pour discerner infailliblement celles que j'avais eu raison et celles que j'avais eu tort de prendre : elle garde les unes, elle laisse tomber les autres, et elle rend ainsi les unes comme les autres superflues. C'est mon critérium. J'avoue que je n'oublie pas facilement ce qui mérite d'être retenu et je n'ose pas trop me proposer pour exemple à ceux qui ne possèdent peut-être point cette faculté au même degré que moi; mais vous ne m'empêcherez pas de dire que tous les aide-mémoire sont plutôt des trompe-mémoire.

Vous m'accorderez encore ce point, car vous n'auriez pas votre âge si vous n'étiez persuadé que vous possédez toutes les facultés de l'esprit à un degré éminent, même la mémoire, de laquelle je présume que vous ne faites pas grand cas. Mais — ceci est encore de votre âge — vous êtes impatient et méthodique (si je vous l'ai déjà dit, pardonnez-moi de me répéter), et vous allez vous étonner, vous scandaliser peut-être, de me voir abandonner le premier soin de la composition au hasard ou à l'inconscient, retarder indéfiniment l'heure où j'autorise la raison pure à mettre cette affaire en délibéré. Qui sait si vous ne m'accuserez point de n'attribuer à la bonne ordonnance d'un écrit qu'une importance secondaire ?

Détrompez-vous : j'ai sur cet article des idées classiques, des idées de l'ancien régime, et que vous n'auriez pas manqué de trouver d'abord ridiculement surannées, si je n'avais pris soin de déconcerter par tous ces ménagements votre esprit de contradiction. J'ajouterais même que j'ai là-dessus des idées toutes françaises, si j'avais accoutumé de *jurare in verba magistri*, je veux dire de tenir pour parole d'évangile tout ce que mes professeurs de collège m'ont enseigné.

Au temps où je faisais mes classes, les vieux universitaires déclaraient avec une patriotique fierté que seuls les livres français sont bien construits, que singulièrement on reconnaît la main d'un normalien dans la moindre chronique de journal, si elle n'est pas sens dessus dessous, sens devant derrière, que les Allemands n'obtiennent l'équilibre que par la lourdeur, que les Anglais vont de tous les côtés et les Russes on ne sait où.

Il y a dans cette opinion un évident excès de nationalisme et aussi bien de la vérité. Mais laissons de côté, s'il vous plaît, ces querelles quasi politiques, et envisageons les choses de la littérature sous leur aspect éternel.

Ce n'est qu'une façon de parler. Méfions-nous de l'absolu, surtout en littérature. Même si nous avons de la Beauté une vue platonicienne et si nous nous flattons qu'elle obéisse par tout l'univers à une seule loi, nous sommes bien obligés de reconnaître que pratiquement les jugements esthétiques sont, si je puis dire, doublement individuels, j'entends qu'ils dépendent d'abord de la race, et ensuite du sujet. Je pense, et peu de gens me contrediraient dans les cinq parties du monde, que la première et plus essentielle beauté d'un ouvrage de l'esprit tient à son armature; mais chacun s'inspire de ce principe à sa guise, et la proportion des Romains est incommensurable avec celle des Grecs.

En France, nous sommes plus Romains que Grecs, et il est permis de le regretter; mais c'est de là peut-être que nous vient notre réputation de bien ordonner les parties; car la construction latine est plus apparente, au lieu que les Grecs ont toujours l'air d'en prendre à leur aise avec la règle de l'art, ce qui ne les empêche point de l'observer le plus docilement du monde, et de ne goûter rien que la mesure, qu'ils ne distinguent pas de la beauté. Encore une fois, du consentement universel et en dépit de cette diversité, la première condition pour qu'un livre soit beau est qu'il soit bien fait.

J'unirais volontiers ces deux épithètes pour montrer qu'elles sont inséparables, à l'exemple de Mme de Lafayette qui, dans *la Princesse de Clèves*, pense avoir achevé le portrait des jeunes seigneurs de la cour, quand elle a dit de chacun d'eux, sans scrupule de se répéter, qu'il était beau et bien fait.

Ce cliché, par parenthèse, devait indigner Flaubert, qui avait la candeur de croire qu'un écrivain se déshonore s'il lâche *fondre en larmes* ou *éclater en sanglots*. Siècle heureux, où des expressions aussi vagues semblaient peindre ! Époque plus heureuse encore, où l'aède invité à chanter dans le mégaron les poésies d'Homère durant le long festin, pour suggérer aux convives une image saisissante de la beauté d'Hélène, n'avait besoin que de leur dire : « Elle ressemble étrangement aux déesses immortelles. »

Et nous nous persuadons, je vous ai instruit moi-même que le progrès des langues consiste à effacer le contour des figures, pour les sublimer et les changer en abstractions ! Mais revenons à *beau et bien fait*. Flaubert a tort : *beau et bien fait* en veut dire plus long qu'il ne semble à première vue ; il faut seulement l'examiner de près.

Sauf en Amérique, où parle-t-on de gens qui se fassent eux-mêmes ? Encore les Américains n'usent-ils de cette locution qu'à propos de l'argent que font les *self made men* ou de la noblesse qu'ils achètent. Vous savez bien qu'on ne fait pas soi-même son caractère : je ne jurerais même pas qu'on se pût « refaire », avec la meilleure volonté du monde ; le proverbe, du moins, le nie.

Quant au corps, il est vrai que la culture physique opère des miracles, mais il faut que la matière première soit donnée. Nous ne saurions prendre que pour une excellente plaisanterie le mot d'Alfred de Musset, dans *Namouna*, sur Hassan :

On eût dit que sa mère
L'avait fait tout petit pour le faire avec soin.

Je ne prétends pas que sa mère n'y fût pour rien, mais enfin elle ne l'avait point fait à proprement parler, elle avait laissé faire la nature.

Un livre que l'on porte est comme un enfant qui existe déjà, mais qui n'est pas encore né à la lumière. Pour qu'il vienne à terme beau et bien fait, il faut laisser agir la nature. Rappelez-vous ce que je vous ai dit de ses procédés de création, qui ne sont pas les mêmes que ceux de la raison ou de la volonté. Nous ne sommes pas des créateurs, même quand nous sommes les instruments d'une création. Notre esprit n'est que le lieu, le moule, où s'élabore un enfantement dont nous ne connaissons qu'obscurément les phases et les secrets. Ce que nous pouvons faire de mieux est de le mettre et de l'entretenir dans la meilleure condition afin qu'il produise de beaux enfants; mais quand ils naissent, ils sont déjà entièrement constitués.

A partir de ce moment, mon cher Xavier, je ne vous retiens plus. Vous pouvez vous mettre personnellement au travail en connaissance de cause, et vous avez le droit de vous ressouvenir que, si la nature fournit à l'artiste tous ses premiers éléments et commence même de les ajuster ensemble, le rôle de l'artiste est de les traiter comme une matière par elle-même sans valeur et d'en faire jaillir la beauté.

Mais vous me permettrez de renoncer à toutes ces métaphores, ces comparaisons, ces allégories, à ce style imagé enfin, qui deviendrait incommode, quand je n'ai plus à vous donner que des conseils techniques. Encore une fois ne les prenez pas pour des recettes : je ne vous allègue que mon propre exemple, dont vous ferez ce qu'il pourra vous convenir d'en faire.

Lorsque j'ai ainsi comme une préfiguration du livre que je projette d'écrire, ne croyez pas je m'attarde à le regarder avec complaisance. Il s'offre à moi avec un tel caractère de nécessité que je ne m'avoue responsable ni de ses beautés ni de ses défauts, que je n'aperçois d'abord, pour mieux dire, ni les unes ni les autres, et qu'il ne saurait véritablement ni me déplaire ni me plaire. Cette fatalité qui est hors de moi et qui s'impose à moi, qui rend mon œuvre impersonnelle, dans le moment que ma personne pourrait se flatter de la concevoir et de la produire, cette action, cette influence extérieure et irrésistible ressemble fort à ce que les Anciens appelaient l'inspiration; seulement, nous en proposons des explications naturelles — je vous les ai déjà indiquées, je ne me répéterai pas, — au lieu de feindre qu'une divinité descendue tout exprès du ciel vient élire domicile en nous et se substituer à notre faible esprit : *Est deus in nobis.*

Ce sentiment d'une fatalité que je souffre et où ma volonté particulière ne saurait plus rien changer est si fort qu'il subsiste dans le moment même que mon sens critique se réveille, que j'examine sans indulgence et au besoin je réforme la constitution de mon livre, et que l'action libre de ma raison ne peut plus échapper à ma conscience. J'aperçois bien, en effet, que je juge, que je décide et que j'agis ou du moins j'en air l'air; mais il me semble que j'applique seulement le principe d'Épictète, et qu'en bon stoïcien je veux que les choses soient comme elles sont, je m'épargne la peine inutile de vouloir qu'elles soient comme j'aurais peut-être préféré qu'elles fussent.

Je me rappelle cette parole de Spinoza : « L'homme n'agit point, il est agi. » Je la trouve fort belle, et je vous avoue qu'au surplus, dans l'ordre métaphysique, il m'importe assez peu ou d'être agi ou d'agir, d'autant plus que, pour la pratique, les deux reviennent au même. Dans l'exercice de mon métier, je m'accommode avec moins de facilité de me savoir certainement dupe soit d'une illusion, soit de l'autre, sans jamais savoir de laquelle. La raison voudrait que ce doute me fît passer le goût de m'évertuer en vain; mais il me souvient à propos que toute vertu est une duperie, et n'est pas moins une vertu.

Mais voici le plus surprenant : quand je commence d'exécuter, quand je développe et que j'écris, je ne me sens pas plus libre qu'au moment que je bâtis et que je compose. Même si les phrases ne me viennent pas toutes seules, si je les fais et les refais péniblement, si je les surcharge de ratures, de variantes et de repentirs, il ne me semble pas que je les invente, mais qu'on me les dicte. Si je pensais que ce fût le dieu, je ne chercherais pas plus loin; mais je suis rebelle à ce mysticisme, et je me formaliserais si les divinités avaient assez peu de savoir-vivre pour descendre ainsi du ciel jusque chez moi, où je ne les ai pas priées. Je m'en méfierais comme de la fée que l'on a oublié d'inviter au baptême, et qui n'y vient que pour faire au nouveau-né un don funeste.

J'ai heureusement, pour me rassurer, le précédent de Beaumarchais, qui est un auteur délicieux, mais qui, évidemment, n'a jamais invoqué les Muses, et qui aurait bien ri si l'une d'elles lui avait dit : « Prends ton luth... » Il n'en a pas moins observé qu'il ne lui semblait point trouver lui-même les répliques de ses personnages, mais les écrire sous leur dictée.

L'explication que je vous donnais de cette nécessité qui mène l'écrivain durant toute la période où le travail de la création s'opère dans son inconscient, ne vaut plus pour la période suivante, où sa raison volontaire semble librement agir, et où sa conscience lui en est témoin. Ces deux phénomènes successifs et pareils ne peuvent procéder que de causes très différentes. La Bruyère nous a fort bien indiqué la cause et le titre de cette deuxième servitude où nous continuons d'être maintenus, alors même que nous paraissons avoir recouvré la direction et le contrôle de notre personne pensante.

« Entre toutes les différentes expressions, dit-il, qui peuvent rendre une seule de nos pensées, il n'y en a qu'une qui soit la bonne; on ne la rencontre pas toujours en parlant ou en écrivant. Il est vrai néanmoins qu'elle existe, que tout ce qui ne l'est point est faible, et ne satisfait point un homme d'esprit qui veut se faire entendre. »

Sentez-vous, mon cher Xavier, combien cette remarque, juste, mais qui ne prétend pas à être plus que superficielle, prend de profondeur et de portée par son accord avec ma doctrine ? A quoi réduit-elle, même quand il ne s'agit plus que d'écrire, le rôle de l'écrivain ? A l'*invention* de la seule expression qui soit la bonne; mais j'entends l'invention au sens latin : la trouvaille, la rencontre, l'invention du trésor.

Les lignes qui suivent, au premier chapitre des *Caractères*, ajoutent une précision, sans rien changer d'essentiel :

« Un bon auteur, et qui écrit avec soin, éprouve souvent que l'expression qu'il cherchait depuis longtemps sans la connaître, et qu'il a enfin trouvée, est celle qui était la plus simple, la plus naturelle, et qui semblait devoir se présenter d'abord et sans effort. »

Comment pourrait-on marquer mieux la fonction toute passive du « bon auteur, qui écrit avec soin », modestement, et à plus forte raison celle de l'auteur de génie, qui, étant, par hypothèse, possédé, n'a besoin de rien faire lui-même et laisse toute la besogne à son dieu ?

A ce propos, j'ai recueilli naguère, de la bouche d'un critique aujourd'hui défunt, une assez bonne définition de ce mot *génie* que nous n'employons plus, non par humilité, mais faute d'en pouvoir bien spécifier le sens, et qui n'a plus cours que dans les réclames de librairie. Il disait que le plus parfait exemplaire de l'homme de génie était à ses yeux Maupassant, qui ne se souciait point de littérature, ou même qui l'avait en horreur, restait deux ou trois heures durant chaque jour assis devant une table, écrivait un certain nombre de lignes sous la dictée de son démon, et ne songeait plus, après avoir quitté son établi, qu'à endosser un habit noir, quelquefois rouge. Le paradoxe de ce critique ne me semble pas fort loin de la vérité, et je trouve plaisant que le seul auteur de la fin du siècle officiellement qualifié « génie » fût un romancier sans doute considérable, mais enfin le moins « ailé » des réalistes.

Ceci me rappelle le mot d'un félibre, lyrique par destination sinon de naissance, comme tous les félibres, mais qui disait volontiers, des grands poètes qu'il n'aimait pas :

— C'est un génie, n'en parlons plus.

Nous avons tous (n'y voyez pas un motif de vous enorgueillir) quelque chose de commun avec les hommes de génie, en ce sens que pendant tout le cours de notre travail jusqu'à la dernière main et, comme disent les ébénistes ou les tapissiers, à la *finition*, notre initiative privée est réduite à si peu que rien.

Vous comprendrez mieux encore pourquoi nous ne sommes pas seulement agis pendant les opérations préliminaires de la création mais jusqu'à la minute même où notre œuvre semble achevée, si vous songez à l'inséparabilité de l'idée et de son expression. Ce n'est pas à la lettre ce que dit La Bruyère, mais implicitement il le dit; et puisque nulle idée n'existe hors des mots qui la peuvent rendre et que pour chacune il n'est qu'une seule expression qui soit la bonne, la tâche d'écrire ne saurait être distincte de celle de penser, ni régie par d'autres lois.

Vous allez me demander par quel sophisme je puis accommoder cette doctrine, assez peu courante, avec les mœurs des écrivains scrupuleux qui se reprennent indéfiniment et avec le conseil de Boileau:

Vingt fois sur le métier remettez votre ouvrage,
Polissez-le sans cesse et le repolissez,

Je pourrais vous faire observer qu'il ne contredit pas La Bruyère, et que l'auteur des *Caractères*, en nous prescrivant de courir après l'expression unique, ne nous promet pas que nous l'attraperons toujours du premier coup; mais j'aime mieux franchement vous répondre que je ne cherche pas de vain accommodement. Comment nier que ce sentiment d'une fatalité qui nous domine, s'il n'exclut pas la possibilité d'une recherche lente, est d'autre part difficilement conciliable avec le scrupule de la correction après que le travail est accompli et le destin révolu ? Ici, du moins, mon cher Xavier, je puis me flatter de n'être pas inconséquent avec moi-même : je n'ai jamais été capable de me corriger.

Si la page écrite ne me plaît point — tout arrive, — j'ai plus tôt fait de la détruire et de la recommencer. Hélas, j'ai souvent remarqué que, par un effet sans doute de cet automatisme dont le ressort nous est inconnu, malgré moi je la reproduisais mot pour mot telle que je l'avais écrite une première fois. J'admire les auteurs qui demandent sept ou huit épreuves et donnent le bon à tirer sur un texte qui n'a plus aucun rapport avec leur manuscrit. Je les admire d'autant plus que leur façon de travailler est pour moi inexplicable, et, tranchons le mot, absurde.

J'ai bien peur que la mienne ne soit pas non plus conforme à mes principes. J'écris presque toujours deux fois ; la première fois à la volée, en remplaçant par des signes cabalistiques les mots qui ne me viennent pas. L'avantage est que je donne ainsi le mouvement et que je ne puis plus le rompre, si lentement que je façonne ensuite mes phrases, et que je lèche le monstre quand je le reprends. Mais le mouvement n'est pas tout, et mes idées s'enchaîneraient-elles de même si je ne laissais pas tant de mots en blanc ? L'écrivain peut-il raisonnablement procéder comme le dessinateur, qui met d'abord son dessin en place et le calque pour le mettre au point ? Mais peut-il aussi écrire comme on peint à fresque ? « La fresque est pressante », a dit Molière.

Avec elle il n'est point de retour à tenter.
Et tout, au premier coup, se doit exécuter.

Je vous le confesse, mon cher enfant : quand je vous écris, j'emploie le procédé de la fresque. Je ne fais pas de brouillons, ni même de cartons. Ne me dites pas qu'il y paraît; Xavier, vous me feriez de la peine.

LETTRE SIXIÈME

VOUS le confesserai-je, Xavier, mon cher Xavier ? Au moment de mettre la main à la plume pour vous faire cette dernière lettre, je sens de l'inquiétude. Oui, moi, Xavier, moi qui manque ordinairement d'angoisse, moi qui jamais peut-être n'ai pu écrire avec sincérité cette phrase, échappée à Socrate lui-même en des circonstances que vous m'excuserez de vous dire, — vous êtes trop jeune :

« Je ne m'appartenais plus... »

Mon sang-froid coutumier est sans doute de l'indifférence. La plus spirituelle femme que j'aie connue disait d'un père qui supportait héroïquement la perte de son fils :

— L'héroïsme, c'est quand on s'en...

Mettons : « Quand on s'en moque. » Or, je ne me moque pas de vous; je ne saurais donc être héroïque. Ne riez pas : je vous respecte; je vous respecte jusqu'à la timidité. Ne fût-ce d'abord que pour obéir à

Juvénal. *Maxima debetur puero reverentia.* N'êtes-vous pas un enfant, par rapport à mon grand âge ? J'ai eu l'impertinence d'écrire un jour : « On n'aime bien que si on méprise un peu. » Je garderais de m'en dédire, c'est une vérité d'expérience, trop certaine, et assez triste. Mais cela dépend des personnes qu'on aime. Xavier, je vous proteste que mon amitié pour vous est faite d'une admiration extravagante et d'une touchante déférence.

Je ne me moque pas de vous, mais je tremble d'en avoir l'air. Un brave homme, qui n'était pas bien fort, a dirigé naguère pendant quelques mois un des plus importants journaux de Paris, où je collaborais. Les articles que lui remettaient ses rédacteurs ne répondaient jamais exactement à ce qu'il eût souhaité; il avait trop de franchise pour leur dissimuler sa déception, mais trop de politesse et de bonté pour l'avouer sans fard, et il usait de l'euphémisme métaphorique. Ses termes de comparaison étaient empruntés exclusivement à l'art nautique et à l'art culinaire.

— Votre chronique, disait-il, est une merveille, une simple merveille; mais je vous demandais un gigot, et vous m'apportez un poulet !

Ou bien il disait :

— Qu'est-ce que vous voulez que je fasse de votre cuirassé, quand j'ai besoin d'un submersible ?

Xavier, j'ai peur de vous avoir fourni un poulet pour un gigot, et je ne sais quelle embarcation hors de mode à la place de l'auto-canot que vous m'aviez fait la grâce de désirer.

Même si j'avais mes raisons, je demeure impardonnable de ne vous avoir pas obéi sans raisonner. Vous m'avez prié impérativement de vous enseigner l'art d'écrire. Je ne puis relire mes lettres, dont je n'ai point fait la minute et dont je n'ai pas gardé la copie; mais j'ai une assez bonne mémoire, et je me rappelle en gros ce qu'elles contenaient. Ce n'est à peu près rien de ce qu'on a coutume de chercher dans ces sortes d'ouvrages didactiques.

Je vous ai parlé de cent choses que tous les professeurs de rhétorique tiennent étrangères à leur enseignement, et je l'ai fait, comme par bravade, avec une abondance qui ne vous donnait guère l'exemple des justes proportions, en même temps que je vous recommandais la mesure. N'ai-je pas poussé l'extravagance jusqu'à vous entretenir de Darwin, qui a servi de prétexte à un chapitre interminable sur la digression? Lorsque j'ai consenti de traiter mon sujet, j'ai affecté, comme si j'en avais honte, de le faire par prétérition, et je vous ai peut-être bien nommé toutes les figures, mais au hasard de la rencontre et d'un discours à bâton rompu. L'incohérence de mes propos me fait rougir, d'autant que j'ai peur qu'elle ne vous déplaise.

Quant à la liste de mes omissions, si j'entreprenais de la dresser, cette dernière lettre serait la plus longue, et une superstition me conseille de la faire courte, pour hâter votre retour, comme au temps que j'étais enfant je me couchais de bonne heure les veilles de fêtes afin que demain arrivât plus vite. Mais j'ai bien des remords.

Je me rappelle le collège, et la visite annuelle des inspecteurs d'académie, dans les classes. Ils faisaient mine d'interroger les élèves, mais c'est le maître qu'ils jugeaient et qui était sur la sellette. Je frémis de penser que si un inspecteur d'académie venait à l'improviste vous examiner afin de rapporter en haut lieu comment je vous ai montré l'art d'écrire, vous resteriez sûrement court, aux questions les plus élémentaires qu'il ne manquerait pas de vous poser.

Que lui répondriez-vous, mon pauvre enfant, s'il vous priait de lui énumérer les différents genres littéraires ? Je ne vous en ai pas soufflé mot ! Vous me feriez le geste de détresse, et vous diriez, non peut-être sans malice, comme le mari dans la *Farce du Cuvier :*

Ceci n'est point en mon rôlet.

Napoléon n'aimait que les genres tranchés. Il avait sans doute ses raisons, qui tenaient, comme toutes les raisons, même de la raison pure, à son caractère et à son tempérament. Je vais vous faire un aveu : bien que je l'admire, je ne suis pas un type dans le genre de Napoléon, et son goût en littérature ne m'inspire aucune confiance. Sa façon de mettre les comiques d'un côté, les tragiques de l'autre (tout en se réservant le privilège d'être lui seul ensemble *commediante* et *tragediante*), ce n'est pas une doctrine critique, ce n'est qu'un système de gouvernement.

Nous n'avons que trop d'inclination à mêler les choses de la littérature et celles de la politique. Si je cherchais une excuse à mes négligences, je vous dirais que j'ai voulu réagir contre une détestable hérésie, et que je n'avais pas d'autres motifs pour oublier de vous instruire que l'élégante idylle doit éclater sans pompe, le théâtre observer les bienséances, et le roman frivole en faire bon marché. Mais la vérité est que rien ne me paraît oiseux comme cette distinction et, pis encore, cette hiérarchie des genres.

Vous apercevez bien la différence d'un récit et d'un dialogue : quel besoin ai-je de vous la signaler ? Et pourquoi vous répéterais-je, après tant d'autres, les prétendues règles de ces genres, que je n'avoue point ? Je ne conçois pas davantage ce que l'on entend par le tour oratoire ou le tour familier. Chacun a son tour, ou sa voix qui peut convenir à tous les genres avec quelques nuances d'inflexion. Je n'ai que deux articles de foi : je crois avec Pascal que l'éloquence se moque de l'éloquence et — je dois vous l'avoir déjà dit — avec Buffon que le style c'est l'homme même. Il n'y a point autant de styles que de genres, mais autant de styles que d'écrivains dignes de ce nom. Cela fait une variété bien plus nombreuse.

Le style, comme tout ce qui est de notre caractère, naît avec nous, et sans doute se perfectionne par progrès, mais ne s'enseigne point, même par correspondance. Aussi, mon cher Xavier, n'obtiendrez-vous jamais de moi que, même pour vous complaire, je disserte pendant deux heures sur le point de savoir si l'on doit écrire comme on parle ou parler comme on écrit, ou ni l'un ni l'autre : je crois que l'on doit écrire et parler exactement comme on pense, et dans le ton même que l'on pense, et que les deux opérations sont inséparables. Voilà, mon enfant, la loi et les prophètes.

Je ne vous ai peut-être pas dit grand chose en vous disant cela; mais il est clair qu'après vous l'avoir dit, il ne me reste plus rien à dire.

Vous faites la moue. Je m'y attendais et je n'en suis pas trop ému. Vous m'avez prié de vous enseigner l'art d'écrire. Je ne pouvais ni vous désobéir ni vous dissimuler que c'est un art qui ne s'apprend point. Tout ce qu'il m'était loisible de faire pour votre contentement était de vous initier à un mystère et je l'ai fait; mais les nouveaux initiés sont toujours déçus quand on leur dit que l'on n'a plus rien à leur révéler, et ils murmurent :

— N'est-ce que cela ?

C'est qu'ils n'acceptent pas le grand principe

de Hegel dont les applications sont innombrables : comprendre l'incompréhensible comme tel. Ils ne comprennent pas le mystérieux comme tel. Ils exigent des précisions et du positif. Supposé qu'on leur pût donner ce qu'ils réclament, ce serait la fin du mystère, il s'évanouirait.

Celui dont je vous parle, Xavier, et que je vous ai fait entrevoir comme un mirage de l'esprit, c'est le mystère de la communication des âmes, qui étaient créées pour l'isolement absolu, et qui, grâce au langage, en ont su rompre le sortilège. Mais je me ferai mieux entendre de vous en vous contant une belle fable. Les plus graves dialogues de Platon se terminent ainsi par un mythe; je vais donc imiter l'exemple de mon divin maître et observer les règles du genre; une fois n'est pas coutume.

L'histoire que je vous veux conter est celle de la tour de Babel, dont sans doute vous avez déjà beaucoup entendu parler; mais je l'arrangerai à ma façon, qui ne vous semblera pas très orthodoxe. Je pense que, contre mon ordinaire, vous allez me trouver moderniste.

Vous n'ignorez pas qu'après le déluge, les hommes survivants réunis dans la plaine de Sennaar résolurent de construire une tour dont le sommet fût voisin au ciel ou peu s'en faut. Il est curieux de voir que, même à ces époques lointaines, on songeait à se préserver des inondations dans le moment qu'elles venaient d'avoir lieu. Ainsi que le caractère des individus, celui de l'humanité est une fois donné et ne change guère. Nous ne savons pas trop ce que pouvait être la préhistoire, mais elle devait ressembler terriblement à l'histoire. La seule différence est que, de nos jours, les commissions émettent des vœux, et au temps de la tour de Babel on ne délibérait point, mais les ouvriers se mettaient d'abord au travail.

S'il en faut croire la *Genèse* — et nous le devons — le Seigneur prit ombrage du dessein téméraire qu'avaient formé ces pauvres hommes sauvés des eaux. Nous avons peine aujourd'hui à concevoir que l'Éternel s'alarmât pour si peu de chose, et même qu'il s'alarmât de rien. Ni le repentir ni la crainte ne nous semblent compatibles avec l'idée de l'infini et de la perfection. C'est apparemment que le Seigneur, s'il avait dès lors l'expérience de l'éternité, n'avait point celle du temps, qui était fort jeune, la création n'ayant duré, selon la tradition juive, qu'une semaine ou cent soixante-huit heures, qui font, selon les calculs babyloniens, cent soixante-huit myriades d'années ou seize cent quatre-vingt mille ans.

Quelles que pussent être les raisons, par hypothèse, impénétrables de Yahvèh, il voulut empêcher les maçons de faire leur besogne, et il prit le détour de brouiller leur langage afin de les déconcerter. Vous savez que les hommes se dispersèrent et la tour inachevée demeura. Hérodote la vit. Si vous avez occasion de passer par là, vous ne manquerez pas de lui rendre une visite. C'est ce que les guides anglais appellent *place of interest.* Elle est juchée sur une colline que l'on aperçoit de plus de huit lieues, et elle fait encore, paraît-il, un effet saisissant, quoiqu'il n'en subsiste qu'un pan de mur qui est loin d'atteindre le ciel; car il mesure tout juste onze mètres de haut. Le nom de la ruine est *Birs Nimroud.*

C'est au moment de la dispersion, mon cher Xavier, que je ne puis me défendre de solliciter la légende pour l'accommoder à ma philosophie. Je n'imagine pas que les diverses familles de l'humanité aient tout d'un coup cessé de s'entendre et qu'elles s'en soient allées pour ce motif chacune de son côté; elles étaient encore trop près de leurs origines pour oublier si vite leur cousinage et pour voir se dresser entre elles soudain cette cloison étanche qu'on dit qui sépare les âmes étrangères. Mon idée ou ma fantaisie est que la cause du dissentiment et de l'irrémédiable mésintelligence n'a pas été la diversité de naissance, mais la différence de qualité. Il était déjà, sans nul doute, parmi ces peuples primitifs, des fils d'esclaves et des fils de rois.

Vous avez ouï parler du comte de Gobineau. C'était un original, je dirais même un excentrique, si j'avais le snobisme de traduire ma pensée en anglais. Il ne manquait point d'idées personnelles, il ne faisait point faute de s'approprier sans le dire les idées d'autrui, comme tous ceux qui ont beaucoup lu et beaucoup voyagé. On lui attribue tout l'honneur d'avoir inventé cette expression : fils de roi. C'est que nos contemporains ne pratiquent guère les auteurs anciens, notamment les Grecs. Qu'importe ? Nous ne sommes pas à un plagiat près.

En plusieurs endroits de ses ouvrages, mais singulièrement dans un roman assez mal bâti, intitulé *les Pléiades,* il développe sa doctrine. Son langage est rude, vulgaire : celui de Socrate l'était également. Il distingue, dans l'espèce humaine, trois classes : les imbéciles qui mènent tout, les drôles qui brouillent tout, et les brutes qui sont le gros de l'armée, à la solde aussi bien des drôles que des imbéciles. Quant aux fils de rois, ils sont hors cadre.

Gobineau vous expliquera — mais est-il besoin de l'expliquer ? — que « Je suis fils de roi » ne veut nullement dire : « Mon père n'est pas négociant, militaire, écrivain, artiste, banquier, chaudronnier ou chef de gare. » Cela signifie : « Je suis d'un tempérament hardi et généreux... Mes goûts ne sont pas ceux de la mode, je sens par moi-même... L'indépendance de mon esprit et la liberté de mes jugements sont des privilèges de ma noble origine. Le Ciel me les a conférés au berceau, de la même façon que les fils de France recevaient le cordon bleu du Saint-Esprit. »

Un personnage des *Pléiades* évalue à trois mille ou trois mille cinq cents le nombre de ces élus ; un autre lui répond que ce chiffre semble exagéré. Les fils de rois devaient être encore plus clair-semés au temps de la tour de Babel. Je ne vous dirai point : « Passons au déluge », puisque la construction de la tour fut entreprise après le cataclysme; mais revenons à notre époque, c'est la seule qui nous intéresse. Xavier, vous confesserai-je que la doctrine sociale de Gobineau me séduit infiniment ? Il va de soi que, si je l'adopte, c'est que je ne me place moi-même ni parmi les imbéciles, ni parmi les drôles, ni parmi les brutes. Je vous tiens aussi fils de roi, mon cher enfant : sinon, vous sentez bien que j'aurais pris soin de choisir un autre sujet de conversation.

Ce qui nous distingue de l'espèce, vous et moi, et les quelques autres fils de rois que nous pouvons connaître, c'est ensemble la qualité de nos émotions et l'expression dont notre royauté nous rend capables de les revêtir : les deux choses, je veux une fois de plus, avant de finir, vous le répéter, les deux choses sont inséparables. Tous les langages, fût-ce le plus primitif, suffisent à établir entre les âmes qui se cherchent cette communication que la raison pure ne peut concevoir; mais vous devinez que le langage des rois — ou des dieux — ouvre les voies à une pénétration plus intime, plus nuancée, dont les imbéciles, les drôles et les brutes n'ont point l'idée ni même le désir obscur.

A vrai dire, que ces gens-là parviennent de loin

en loin à s'entendre, au moyen de signes, ou de sons et de mots articulés qui ne valent guère plus que des signes, cela, comme on dit, n'est pas sorcier. Le miracle est que des âmes telles que les nôtres obtiennent une parfaite consonnance par le moyen de ces mêmes mots, mais disposés selon les règles d'un art. Pour faire bon visage à mon ennui, quand vous êtes parti, Xavier, je vous ai, dans ma première lettre, expliqué laborieusement que l'absence pouvait avoir ses petits profits. Je ne sais pourquoi je n'ai pas poussé mon paradoxe à l'extrême. Je vous eusse démontré aussi facilement que les fils de rois ne sauraient être plus séparés à distance que de près, et que l'absence pour eux est un mot qui ne signifie rien.

Mais ces belles théories, où la tristesse de deux amis s'amuse et qui leur donnent le change à l'heure d'un adieu, semblent d'une puérilité dérisoire à l'heure où l'épreuve s'achève. L'espoir de votre prochain retour me ramène à plus de simplicité. Je me reprends à penser avec La Fontaine que l'absence est le plus grand des maux, et je ne serai pas fâché de me confirmer bientôt par l'expérience que la présence réelle est le plus grand des biens.

TABLE DES LETTRES

CORBEIL. IMPR. CRÉTÉ
1313 - 9 - 1926

www.ingramcontent.com/pod-product-compliance
Lightning Source LLC
LaVergne TN
LVHW012007220826
846092LV00001B/271

9782329789248